CH.

Née en 1977, Charlotte Marin est comédienne, chanteuse et écrivain. Elle fait aussi beaucoup de doublage de films étrangers. Elle est notamment la voix française de Katherine Heigl (« Grey's Anatomy »). C'est en développant son *one-woman chant* sur scène que Charlotte Marin a rencontré Charlotte Malère, son double déjanté ! Elle a fait un tabac en première partie de la tournée de Bénabar avec ses chansons qui mettent en scène le même personnage que celui de son premier roman, *Apocalipstick* (XO, 2011).

APOCALIPSTICK

CHARLOTTE MARIN
MARION MICHAU

APOCALIPSTICK

XO ÉDITIONS

© XO éditions, 2010
ISBN : 978-2-266-21570-1

À Hortense et Laurence, nos sœurs sourire

*L'urgent est fait, l'impossible est en cours,
pour les miracles prévoir un délai...*

Anonyme

La touffe blonde qui dépasse de la couette, c'est moi : Charlotte Malère. Je me réveille, esquisse un sourire-bonheur-Ricoré, m'étire… Enfin, j'essaie de m'étirer : ma main gauche est retenue par quelque chose…

Heu, c'est quoi, ce délire ?

— Richard ?

J'ai une main menottée à la tête d'un lit en fer forgé ! D'un coup, la soirée d'hier me revient et je sens monter l'appel de l'Alka-Seltzer. La porte d'entrée claque. Je sursaute. Une femme lance un « *Hola !* » digne d'une truculente comédie d'Almodóvar.

Hola ? ! Oh ! là, là, c'est la loose totale !

Je commence à me démener en tirant sur mes chaînes, mais rien n'y fait. Du bout des orteils, j'attrape mon slip que j'enfile d'une main en me tortillant comme un ver coupé. Une femme haute comme une botte passe la tête dans la chambre et écarquille les yeux. J'ai juste le temps de me dire qu'on dirait le sergent Garcia avec des boucles d'oreilles qu'elle se met à beugler comme une vache espagnole. Je n'aurais pas dû sécher les cours.

Essayant de cacher mes seins, je lui montre les menottes.

— *Atame... heu, detame por favor ! No esta cé qué vou... imaginada. C'est una blagua !*

— *Una braga ? !* répète-t-elle médusée.

Notez, je l'ai appris plus tard, que « una braga », c'est une petite culotte en espagnol.

— *Si, si, una blagua mui rigolata ! Possiblé trouvar oune tourneviso para ouvrir la menota ?*

Je ruisselle de honte. Elle s'en va en claquant la porte tellement fort que la poignée tombe. Je l'entends farfouiller dans un placard.

Pourvu qu'elle ne cherche pas du goudron et des plumes.

Elle essaie d'ouvrir, mais le mécanisme tourne dans le vide. Le cauchemar de Freddy. Je glisse au sol et m'écartèle pour remettre la poignée. Elle rentre avec une boîte à outils ! Je la bénis dans mon meilleur frangnol alors qu'elle sort un mini-tournevis et commence à triturer la serrure.

À l'instant où elle me libère de mon sex-toy, la porte d'entrée claque à nouveau. Une voix de femme appelle :

— Richard ? Rosa ?

Rosa et moi, on se regarde interdites. La femme continue à parler dans l'entrée. Soudain, tout va très vite : je bondis et m'entortille dans le drap comme un rouleau de printemps pendant que Rosa nettoie la scène du crime. Elle ramasse mon sac à main, mes talons aiguilles, ouvre la fenêtre et les jette. Je sautille jusqu'à la rambarde que j'enjambe aussitôt. Dieu merci, on est au premier étage. Je n'ai pas fait de sport depuis 1987, mais je saute les deux mètres qui me séparent du trottoir. Le drap s'accroche au gond du volet. Je me retrouve dans la rue, en culotte, autant dire à poil.

Rosa referme la fenêtre. Je chope mon sac derrière lequel j'essaie de me camoufler. Un taxi passe à ma hauteur. Je me mets à courir comme si j'avais le cul dans une poêle à frire. Quand il m'aperçoit dans son rétroviseur, ce salopard accélère. J'ai juste le temps de taper sur son coffre en l'injuriant, avant de me réfugier accroupie entre deux voitures.

Bien, bien, bien... Alors, comme ça, l'enfer fait des journées portes ouvertes ? J'ignorais.

Même en juin, le fond de l'air est frais. J'ai le téton qui pointe. C'est gênant pour réfléchir.

Merde, en plus, j'ai perdu une boucle d'oreille dans la bataille. Ma sœur va me tuer.

La voiture blanche qui me sert de paravent émet un « bip-bip », signe qu'on vient de l'ouvrir à distance ! Action, réaction : je me jette sur la poignée de la porte arrière et m'engouffre dans la caisse. Un grand brun ouvre la portière conducteur, jette une sacoche sur le siège passager, enlève sa veste et la balance sur la banquette à côté de moi. Une fois installé derrière le volant, il lâche d'un ton badin :

— T'es vraiment une p'tite salope.

Phrase que je prends immédiatement pour moi avant de comprendre qu'il porte une oreillette. Il se marre. J'enfile sa veste discrètement.

— Je dois te laisser, là, Franck, j'ai rendez-vous avec mon frère... Non, j'en ai pour l'après-midi, mais avant, je vais faire un saut chez moi pour te les envoyer. Tu vas voir, c'est du lourd. OK... Merci... *Ciao*, ma couille.

Classe.

Il raccroche et met le contact. À l'instant où j'ouvre la portière, nos regards se croisent dans le rétroviseur. Il pousse un cri, moi aussi. Je m'éjecte de la voiture et détale comme un tapin.

*

En franchissant enfin la porte cochère de mon immeuble, je tombe nez à nez avec mon facteur, un rouquin au visage déformé par une acné purulente. À côté du nez, il a un gros bonbon liqueur à faire vomir un congrès de dermatologues. Je tire sur les pans de ma veste pour la détendre un peu (et moi aussi par la même occasion). Un ange passe. Il le chasse d'un joyeux...

— Salut, biloute !

Oh ! putain... Il sait que je travaille dans le cinéma et, depuis que j'ai eu le malheur de lui demander s'il avait aimé le film de Dany Boon, il me fait systématiquement l'accent ch'ti.

— Drôle de tenue, mais faut point juger l'boutelle al létiquette, hein !

C'est ça, bienvenue chez les ch'tars, connard.

Je n'arrive même plus à me forcer à rire. Il m'épuise, spécialement aujourd'hui. J'ai une envie irrépressible de lui encastrer sa tête de rouquemoute dans ma boîte aux lettres et, à la Bruce Lee, de lui claquer la porte sur la nuque jusqu'à ce que ses cervicales craquent.

— Alors, biloute, j'crois qu'il y a une tiote lettre pour vous ! Charlotte Malère... Charlotte Malère... Ah, la v'là !

Il me donne la lettre et me demande de rester ici : il a un colis pour moi dans sa camionnette.

J'aimerais me carapater, mais impossible, c'est mon dernier achat compulsif : une ceinture pour travailler mes abdos par électrostimulation. La fille qui en parlait à la télé avait les larmes aux yeux. Cette fois, je me suis juré qu'elle n'irait pas grossir le tas d'objets qui s'amoncellent dans ma chambre : gaine chauffante, sachets de soupe lyophilisée à la sauge, papillotes drainantes, mini-palmes pour fesses de marbre et autres haltères pour nichons en béton.

J'ouvre ma « tiote » lettre et en sors un carton d'invitation.

Demain soir, je suis invitée à l'avant-première du film de mon bien-aimé et néanmoins détestable amant Richard Bouvier. Monsieur est marié avec deux enfants... enfin, il est surtout marié avec une femme. Le facteur revient, me tend le colis et le reçu :

— Une signature ici, biloute...

Il faut que je mette fin à cette tentative de complicité avant de débiter son corps en morceaux et de les envoyer en Chronopost à Valenciennes. Je fourre le carton d'invitation dans la poche de la veste, signe, le salue et tourne les talons.

C'est étrange comme, de dos, on se sent encore plus nue.

*

J'arrive en retard au Annie Hall, le resto de ma sœur Delphine. Elle l'a appelé comme ça parce que dans ce film, Woody Allen dit que « la vie est un restaurant petit, mauvais et cher » (je ne vous explique pas comment il faut assurer derrière...). Ma petite nièce est assise à une table, les pieds en dedans, maquillée en papillon. J'embrasse Vincent, mon gentil beauf mi-homme, mi-labrador, alors que Delphine remonte de la cuisine.

— Putain, Charlotte, tu fais chier ! Ça fait une demi-heure qu'Aurore t'attend ! Elle est excitée comme une Russe !

Ma sœur est dyslexique au dernier degré. Elle a épuisé tous les orthophonistes de Paris sans parvenir à se réconcilier avec les mots et les expressions. À part ça, elle gère sa vie d'une main de fer dans un gant de cuisine.

Mon beauf me précise :

— Elle est d'une humeur massacrante depuis ce matin.

— Charlotte, tu m'as rapporté mes boucles d'oreilles ?

Gagner du temps.

— Heu… C'est-à-dire ? Sois plus précise…

— La paire que tu m'as empruntée !

T'es sûre qu'il y en avait deux ?

— On a une soirée samedi prochain. Je n'aurais jamais dû te les prêter, tu serais foutue de me les perdre.

— Charlotte va te les rapporter demain. Hein, Charlotte ? Ne t'énerve pas comme ça, ma chérie. T'as tes Roberto Ragnagna ou quoi ?

— Rigolez pas, j'ai mal au bide et je suis gonflée à l'hélium. Chaque fois, je gonfle, je gonfle…

Tu gonfles tout le monde, surtout.

J'attrape la petite main d'Aurore et m'excuse encore platement pour le retard, mais c'est déjà oublié. Ma sœur vérifie que sa fille est bien habillée, qu'elle n'a rien oublié, que son sac est…

— C'est bon, Delphine. On y va.

— Tu ne me l'abîmes pas.

— Ça va, je maîtrise.

*

Fanions, chamboule-tout, pêche à la ligne… La kermesse de l'école est noire de monde. Des mamans ont mis la main à la pâte sablée. Elles se tiennent fièrement derrière leurs stands de tartes, gâteaux et autres pets-de-nonne.

La directrice m'alpague :

— Charlotte ! Comment allez-vous ? Vous savez que je me suis abonnée à *Cinérama* ? Oh, votre article sur le film qui se passe dans un institut de beauté… désopilant !

Voire dépilatoire.

Elle me tient le cuissot jusqu'à ce qu'une maman vienne lui chuchoter quelque chose à l'oreille. La directrice fronce les sourcils :

— Étranglé, vous dites ?

— Oui, confirme la maman, dans le préau, avec un cake.

Le colonel Moutarde a encore frappé…

— Désolée, Charlotte, je dois vous laisser.

— Bien sûr…

Je balaie la cour du regard. Aurore, les yeux bandés, joue à colin-maillard. J'en profite pour m'isoler un instant.

*

Assise sur des toilettes de nain de jardin, je laisse un message salé sur le répondeur de Richard. Il ne veut pas me répondre ? Très bien. Le train de son mépris roule sur les rails de mon indifférence. Il va dérouiller. Je n'ai pas beaucoup de principes, mais quand même ! On ne se casse pas à un rendez-vous en oubliant de détacher sa maîtresse.

— Tu te rends compte de ce que tu m'as fait vivre ce matin ? Tu sais, Richard, je suis humaine, je ressens les choses : la honte, l'humiliation, le manque de respect… Ça te dit quelque chose ? J'en peux plus, c'est trop dur, je ne sais plus dans quelle langue te le dire ! Quand est-ce que tu vas lui parler ? Quand ? !

Et j'enchaîne sur l'affaire de la boucle d'oreille.

— Je l'ai sûrement perdue chez toi. T'as inté- rêt à me la retrouver.

Je commence au taquet, puis me dégonfle. Je finis par lui demander (comprendre : le supplier) de me rappeler.

Je raccroche. Dans les toilettes mitoyennes, j'en- tends un papa qui aide son fils à se rhabiller. J'es- saie de me barrer avant qu'il mette un visage sur cette voix désespérée, mais, en ouvrant la porte, je me retrouve face à lui.

Sueurs froides, c'est le mec de ce matin, le grand brun avec une voiture blanche.

— Bonjour, dit-il en faisant un pas de côté pour me libérer la voie vers les lavabos.

Incapable d'articuler quoi que ce soit, je décampe. Dieu merci, il ne m'a pas reconnue.

*

Dans la cour, la directrice a retrouvé son enthou- siasme diplômé. Elle harangue la foule :

18

— Il n'y a pas de raison que seuls les enfants s'amusent ! J'ai préparé pour les parents un grand karaoké en plein air !

J'ai hâte...

Je fais un grand signe à Aurore pour lui montrer que je suis là. La directrice pense qu'elle a trouvé sa première victime. Avant que j'aie pu dissiper le malentendu, elle m'attrape par le bras. Je tente une fuite en crabe. Elle resserre son étreinte. Pas le temps de dire « aïeeeeu » qu'elle me colle un micro dans les mains et me pousse sur l'estrade. Tout le monde me regarde. J'ai les joues carpaccio. La directrice cherche maintenant un homme pour chanter en duo avec moi *Besoin de rien, envie de toi*. Personne ne se dévoue. Grand moment de solitude. La musique démarre et les paroles de Peter et Sloane commencent à défiler sur l'écran.

Je me lance, le trac en bandoulière :

— Regarde, le jour se lève...

Ma voix part en yodel. La musique arrive enfin, mais toujours pas de Peter à l'horizon. Alors que je me résous à assurer le duo toute seule – c'est l'histoire de ma vie –, j'entends s'élever la voix d'un homme. Soulagée, je me retourne. Descente d'organes : le grand brun s'approche de moi en chantant. J'enchaîne sur le couplet pour masquer mon trouble qui apparemment l'amuse beaucoup. Il me provoque en en faisant des caisses. Le refrain arrive. Il s'enflamme. Je donne le change pour ne pas avoir l'air d'une plante en pot. Ça le motive. Il me prend dans ses bras et me fait virevolter.

Le moment est surréaliste !

Au dernier refrain, il plante son regard dans le mien, colle ma main sur son cœur et lâche dans un coup de glotte :

— Besoin de rien, envie de ma veste !

Je suis actuellement en train de décéder.

J'ânonne la fin de la chanson. Pluie d'applaudissements sous les premières gouttes d'une averse torrentielle. La foule se disperse et se met à l'abri sous le préau. Le temps de descendre de l'estrade et de les rejoindre, je suis trempée. Inutile de préciser que mon tee-shirt est devenu transparent et que j'ai mis mon soutif orthopédique couleur chair.

C'est le moment de s'arracher. Je cherche Aurore des yeux... puis avec tout le reste du corps. Elle n'est nulle part ?! Je questionne tout le monde. Rien. Panique totale ! Delphine va me découper au couteau électrique. À bout de nerfs, je me mets à chouiner :

— Je suis nulle. Elle n'aurait jamais dû me faire confiance. Je perds, je casse tout ce que j'ai.

Le grand brun me saisit par les épaules :

— Mais non. Moi non plus, je ne retrouve pas Lucas. Calmez-vous, ils sont bien quelque part.

Il me propose de nous séparer pour fouiller l'école. Comment ose-t-il encore me parler ? Je me drape dans ma dignité et lui réponds : « D'accord. » Je grimpe au premier et passe de classe en classe, de plus en plus angoissée.

Toutes les salles sont vides !

Réfléchis, Charlotte ! Tu l'as vue quand pour la dernière fois ? Avant la chanson ? OK. Elle était où ? Dans la cour ! Est-ce qu'il y avait un vieux monsieur en imper derrière elle ?

Je me mets à courir dans un couloir vert et rose en hurlant son prénom. Passant devant une galerie perpendiculaire, j'aperçois le grand brun qui me fait signe de le rejoindre. Je pile au dernier moment. Mes semelles détrempées glissent sur le lino et je m'étale comme une bouse.

Ça, c'est fait.

Je me relève et le rejoins en boitant la tête haute. Il pose un doigt sur sa bouche et attire mon attention à l'intérieur d'une classe. La vitre qui court au-dessus des petits portemanteaux est trop haute, je saute... enfin, je décolle de trois centimètres. Il s'approche de moi. Pour la première fois, je note qu'il est plutôt beau gosse, voire torride avec ses cheveux mouillés, son torse puissant, son...

Oh, Charlotte ! Point trop nympho !

Il joint ses mains, ambiance courte échelle. Est-ce qu'il m'a bien regardée ? J'ai à peine le temps de décliner poliment son offre qu'il se met... à quatre pattes ? Je regarde ailleurs. Il m'encourage d'un :

— Eh ben alors, qu'est-ce que vous attendez !

— Heu... Désolée, j'ai oublié mon gode-ceinture.

Il éclate de rire, se relève d'un bond, enroule ses bras sous mes fesses et me soulève.

Dans un petit râle d'effort... Si, si, je l'ai entendu.

Aurore et son fils sont dans la classe. Les yeux fermés, ils s'amusent à se faire des baisers sur la bouche. Soulagée, je presse son épaule pour qu'il me repose. Il desserre son étreinte et me fait glisser le long de son corps. Longuement. Langoureusement. Je me dégage, gênée. Pour dissiper la tension, je murmure :

— Votre fils est un sacré dragueur.

— Ce n'est pas mon fils et, de toute façon, c'est surtout votre fille qui est beaucoup trop jolie.

— Ce n'est pas ma fille.

Ce qui nous replonge instantanément dans un silence érotique. Il me tend la main.

— Je me présente : Martin.

Ce à quoi je réponds, imperturbable :

— Sylvie.

Pourquoi ? Mystère et boules de geisha.

La porte de la classe s'ouvre à la volée. Aurore déboule et me saute dans les bras en poussant un « Charlotte » tonitruant. Je ris jaune. Galant, il me donne une seconde chance :

— Martin Gall. Oui, mes parents sont très joueurs.

— Charlotte Malère… Un subtil mélange entre malheur et galère.

Les deux gamins chahutent autour de nous, mais ça nous parvient de très loin, comme si nous étions tout à coup dans une bulle. Regards scintillants, flou artistique, couleurs pastel, André Rieu au violon et… Richard dans ma vie.

— Aurore, chérie, prends ton sac, on y va.

On retourne sous le préau. Martin bourdonne autour de moi comme s'il voulait me butiner le pistil.

— Vous faites quelque chose, ce soir ? tente-t-il.

Je ne réponds pas.

D'autant que, ce soir, j'ai prévu de me faire le maillot bien dégagé derrière les oreilles.

— Je vous demande ça parce que moi, je suis pris.

— Ah ? Écoutez, vous m'en voyez ravie.

— Je dîne tout seul à 20 h 30 à La Closerie des Lilas… et je risque d'attraper froid sans ma veste. J'aimerais vraiment la revoir, cette veste. Elle me plaît énormément, vous savez. D'abord parce que je la trouve très belle, bien sûr, mais surtout parce qu'elle a ce petit je-ne-sais-quoi d'excentrique. Élégante, sans être trop habillée, elle va avec tout. Ça paraît idiot, mais en quelques heures j'ai l'impression qu'elle m'est devenue… indispensable.

Il est vraiment charmant, mais pas le temps pour le badinage, j'ai d'autres Richard à fouetter. Je déguerpis avec Aurore, laissant Martin planté au milieu du préau.

*

Je referme la porte de mon appartement avec une seule envie, me détendre comme dans les films américains : mettre un fond de jazz, laisser glisser le long de mon corps un épais peignoir blanc, m'immerger dans un bain moussant et me délecter d'un verre de chardonnay en feuilletant *Vogue*. Vu que je n'ai rien de tout ça sous la main, j'entre dans ma baignoire sabot et allume France Inter. Je prends l'émission en cours. C'est un débat sur la liberté de la presse et les conséquences d'une critique à bout portant. Je tends l'oreille. Le journaliste fait un parallèle entre le suicide de Bernard Loiseau et celui du réalisateur Rémi Pouplard…

« … retrouvé pendu dans son appartement. »

Je me redresse comme électrocutée.

Le débat est passionné. Nouvelle surprise : Richard Bouvier, *mon* Richard, est sur le plateau ! Ainsi que Gilles, le rédacteur en chef de *Cinérama* (en d'autres termes : mon boss). Richard a ce ton grave que je trouve si sexy :

« Rémi était dans la même promotion que moi à La Femis. Nous étions amis, pas intimes, mais… comment dire ? Des amis qui se respectaient et qui avaient plaisir à discuter en soirée. La dernière fois que je l'ai vu, il m'a confié ses difficultés pour monter son film. Je demande à son scénariste ici présent de m'arrêter si je me trompe, mais je crois qu'il a fini par tout hypothéquer pour le produire. C'est bien ça ? »

Il confirme. Richard reprend :

« Imaginez le désespoir d'un homme qui a tout misé sur son film et qui se fait assassiner… Pardon, excusez-moi, le terme est très mal choisi… Qui se fait… descendre en flammes par la critique. Je suis bien placé pour savoir à quel point un réalisateur est vulnérable à la sortie de son film.

— C'est vrai que la sortie du vôtre est imminente, note le journaliste. Vous avez entretenu un mystère autour du sujet, est-ce que…

— Je ne suis pas là pour faire ma promotion. »

Le journaliste se rattrape maladroitement en rappelant aux auditeurs que…

« … Richard Bouvier parlera de son film, ce soir, dans l'émission de mon confrère. »

Le débat reprend. Le scénariste intervient :

« Il y a eu des articles très durs, c'est vrai. Certains journalistes se sont acharnés à détruire Rémi, mais j'aimerais qu'on ne généralise pas. Je ne dis pas ça parce que Gilles Bertier est là, mais dans *Cinérama* par exemple, je me souviens très bien de l'article d'une de vos journalistes… Comment s'appelle-t-elle, déjà ? Charlotte quelque chose… »

Je tends l'oreille à m'en déchirer le cartilage.

« Ah, excusez-moi, insiste le scénariste, je n'oublie jamais un nom normalement. Monsieur Bertier ?

— Oui.

— Rappelez-moi le nom de cette journaliste qui travaille chez vous. Charlotte…

— Charlotte. Exactement. C'est tout à fait ça. »

L'enfoiré, il ne voit même pas de qui il parle.

« Oui, mais Charlotte comment ?

— Eh bien, Charlotte… Charlotte… Heu… »

C'est extrêmement humiliant.

« Charlotte… Oh, c'est ridicule, je ne connais qu'elle ! »

Richard déverrouille la situation.

« Charlotte Malère, je crois. »

J'ai du mal à lui en être reconnaissante, vu que son « je crois » puait le « je m'étonne moi-même d'avoir retenu le nom de cette pigiste de merde ». Je mets ça sur sa petite note. Le scénariste poursuit sans prendre la mesure, voire la démesure, de ce qui vient de m'arriver : mon patron ne me connaît pas et mon mec s'excuse de me connaître, désolée du dérangement, mais ça fait un petit quelque chose quand même.

« L'article de cette Charlotte Malère n'était pas tendre. Elle a trouvé que le film manquait d'émotion, mais elle se donnait la peine de comprendre l'univers et l'ambition de Rémi. Des critiques de ce genre sont constructives et, si tous les journalistes faisaient leur travail comme ça, on n'en serait pas là aujourd'hui. »

Mon nom revient plusieurs fois comme un exemple à suivre, souvent dans la bouche de Gilles qui s'en gargarise, l'enfoiré. Ah ! ça, les Charlotte Gainsbourg et Rampling, il leur pince les fesses en leur demandant des nouvelles de leur stérilet, mais pour moi, il a fallu qu'on lui fasse un schéma avec des légendes. J'ouvre une ardoise pour lui aussi.

L'émission se termine. Je sors du bain, attrape une serviette rêche et me regarde dans le miroir de la salle de bains.

Qu'est-ce que je suis exactement pour Richard ?

Vu que je ne suis pas pressée de connaître la réponse, je dévie sur l'inspection de mon corps nu. Après la traversée des mois en -ette (raclette, tarti-flette, galette), je zoome sur mon ventre : correct. Mes seins, correct ++. Je fais un petit tour du proprié-taire pour constater le glissement de terrain (enfin de *mes* reins). Je serre le fessier et là, c'est le drame. J'ai des trous dans les fesses, pire : des cratères. C'est simple : mes fesses, c'est Verdun vu d'avion.

Je me retourne et me fixe à nouveau.

Qu'est-ce que je suis exactement pour Richard ? Une petite récréation ?

OK, je me donne quarante-cinq minutes (et pas une heure de plus) pour être irrésistible.

*

Je déteste arriver la première à un rendez-vous. Attablée à La Closerie des Lilas, je réajuste ma petite robe sexy. En face de moi, la veste de Martin me nargue sur le dossier de sa chaise vide. Qu'est-ce qu'il fout ? Il a bien dit : « Ce soir à 20 h 30 » ? Que ce soit bien clair, je ne supporterai pas une nouvelle humiliation aujourd'hui. Je fais signe à un serveur. Il traverse la salle, grand, sec et droit comme un « i » de British.

— Mademoiselle ? me demande-t-il en se penchant avec déférence.

— Excusez-moi, on ne vous aurait pas réservé une table pour deux, par hasard ?

— À quel nom, je vous prie ?

— Heu… Gall !

— Veuillez patienter un instant, je vais vérifier.

S'il n'y a pas de réservation, ça sent le lapin en plat du jour. Derrière le bar, le serveur compulse son registre le petit doigt en l'air. J'ai envie de fumer, j'ai la vessie comme un dirigeable et j'irais bien dans la cuisine mettre la tête dans le four. Le serveur s'arrête enfin sur une page, et, impénétrable, revient vers moi. Soit il me dit oui, soit je me casse.

— Une table pour deux, c'est bien ça, mademoiselle ?

— Oui.

— Au nom de M. Gall ?

— Oui. Il a réservé ?

— Non. Vous désirez boire quelque chose en attendant ?

— Non, merci.

Le serveur s'incline, pivote et retourne à son service. Je me dévisse la tête pour inspecter la salle une énième fois. On ne sait jamais. Imaginons qu'il soit assis derrière une colonne ou à genoux sous une table en train de chercher l'olive de son Martini, ou encore, tout simplement, allongé sous une banquette. Bon, je vais aux toilettes et, s'il n'est pas là quand je reviens…

Je me lève, fais quelques pas et retourne à la table prendre la veste de Martin. Il y a peu de risques qu'on me la vole ici, mais comme j'ai l'art de générer l'impensable.

*

Alors que je suis en appui sur les adducteurs pour ne pas m'asseoir sur la lunette et ses douze traces d'urines différentes, mon téléphone bipe dans mon sac. Je me rhabille et lis le texto que je viens de recevoir :

Rejoins-moi devant
la Maison de la Radio
à 21 h 15. Kiss Richard's

C'est tout lui ! Il croit qu'il suffit de me siffler pour que je rapplique ! Bah, qu'il garde ses croquettes, j'ai une vie, moi ! Je vais tranquillement dîner avec un mec charmant... à condition qu'il vienne, mais c'est une autre histoire. Je rappellerai Richard demain... ou pas. Non, mais pour qui il se prend ? Je ne suis pas aux ordres de monsieur. 21 h 15 en plus, on croit rêver ! C'est dans à peine une demi-heure... une demi-heure... Je peux y être ! Je me maquillerai dans le taxi !

De retour dans la salle, je me fige. Martin est dehors en train de discuter avec le voiturier. Ça se complique. Réfléchir ! Vite !

Pas ma spécialité.

Je pourrais dire que je suis juste passée pour lui rendre sa... Merde, sa veste ! Je repars en trombe la récupérer. En ressortant des toilettes, je rentre de plein fouet dans mon serveur. La surprise passée, il tire sur son uniforme avec un tact de majordome, me salue et retourne en salle. Une idée germe alors dans mon cerveau malade. Je le rattrape.

— Vous voyez le grand brun dehors ?

— M. Gall, je présume ?

— Heu… oui. Attendez, venez par là.

Je l'attire dans un coin sombre.

— Est-ce que vous pourriez lui rendre cette veste ? Bien sûr, vous ne m'avez jamais vue. Oubliez ce petit minois et cette grosse paire de hanches.

Il prend la veste.

— Entendu.

— Formidable. Maintenant, pourriez-vous m'indiquer une sortie de secours ?

— Une sortie de secours ?

— Oui, je ne sais pas, moi : une porte dérobée, une cheminée qui tourne, un labyrinthe datant de la guerre…

Martin entre. Je fais un bond dans les plantes vertes. Le serveur reste impassible. Je lui chuchote que c'est le moment d'avoir une idée.

— Écoutez, me susurre-t-il en regardant droit devant lui, je ne vois guère que la porte principale ou encore la petite lucarne des toilettes pour dames.

— Petite ? Petite comment ?

*

— Y a quelqu'un ? S'il vous plaît ! Je suis comme qui dirait… coincée !

Ma voix résonne dans la cour intérieure. J'ai beau couiner, gémir, personne n'entend mon SOS de Terrienne en détresse. Je gesticule, rentre le ventre, pousse sur les bras… Rien à faire, ma culotte de cheval recule devant l'obstacle. J'entends la porte des toilettes s'ouvrir. À cet instant précis, je regrette d'avoir mis des Dim Up plutôt que de bons vieux collants opaques.

— Heu… Qui va là ?

— Je vois que mademoiselle se présente par le siège.

Je reconnais la voix de mon serveur. Violacée, j'essaie de prendre un air dégagé :

— Vous allez rire, mais j'aurais encore besoin d'un petit coup de main.

— Bien sûr, comment désirez-vous qu'on opère ?

— Vous voyez cette masse informe et gélatineuse, si vous pouviez… eh bien, pousser, ce serait vraiment chic de votre part.

Il commence par me poussoter gentiment le fessier.

— Je crois que vous n'avez pas bien compris. Allez-y franco, donnez tout ce que vous avez.

Je l'entends enlever sa veste, la plier et la poser sur la tablette du lavabo. Puis, contre toute attente, il se transforme en demi de mêlée et me propulse à l'extérieur. Je tombe le nez sur mon sac, me relève aussitôt et lisse ma robe. La tête décoiffée du serveur apparaît dans l'encadrement de la lucarne. Je le remercie avec le peu de dignité qu'il me reste.

— Ce fut un plaisir, mademoiselle. Maintenant, forcément, je vais avoir plus de mal à oublier ces hanches.

Je rosis à l'arête.

— Heu… Vous lui avez rendu sa veste ?

Il acquiesce en remettant la sienne.

— Et alors ? Qu'est-ce qu'il a dit ?

Se passant un coup de peigne face au miroir, il me répond :

— Monsieur a murmuré, je cite : « C'est ce qu'on appelle se prendre une veste. » Bonne soirée, mademoiselle.

Et il prend congé. Il me reste douze minutes pour être à la Maison de la Radio.

*

Le taxi m'éjecte sur le parvis, pile au moment où une pluie fine commence à tomber. Je repère l'animal au loin en train de serrer des mains sous les néons de l'entrée. Je vais m'adosser à sa voiture (et sa fameuse banquette arrière). Richard discute, entre autres, avec mon boss. Je lui fais un signe discret. Il me voit, mais ce n'est pas pour autant qu'il se magne le tronc. Il porte sa veste en velours marron qui va si bien avec sa petite barbe, ses cheveux en pétard et ses quarante balais. Il est *so fucking charming*. Ça ne va pas me faciliter la tâche. Il faut que je lui pose un ultimatum. Soyons réaliste, je peux difficilement descendre plus bas que ce matin, donc, c'est ce soir ou jamais.

Quand il consent enfin à me rejoindre, le crachin a définitivement ruiné mon brushing et je suis d'une humeur de chien mouillé. Il me sort son sourire de faux cul.

— Bonsoir, princesse. Tu sais qu'on a parlé de toi cet après-midi, dans l'émission. J'étais très fier !

Il m'enlace. Je le repousse.

— Charlotte, qu'est-ce que t'as ? Oui, je sais, j'ai écouté ton message, je suis désolé pour ce matin, mais je viens de perdre un ami...

— Un ami ? T'as jamais pu blairer Rémi Pouplard !

— D'accord, tu as décidé de me faire une scène…

Une scène !!! Oh, putain ! Avis de tempête, sortez les K-way !

Je me mets à lui donner des coups de poing sur le torse. L'humiliation de ce matin fait remonter toutes celles que j'ai endurées ces trois dernières années. Il m'empoigne et me pousse dans sa voiture.

— Arrête de me donner en spectacle.

— « Me » donner en spectacle ? COMMENT TU PEUX DIRE ÇA ? C'EST MÊME PAS FRANÇAIS !

— Calme-toi, Charlotte. Quelqu'un pourrait nous entendre.

Je me penche au-dessus de lui et j'écrase le klaxon. Il attrape ma main. Je me débats en hurlant :

— EN REVANCHE, MOI, CE MATIN, JE « ME » SUIS DONNÉE EN SPECTACLE ! C'ÉTAIT DU BEAU BOULOT ! MAISON SÉRIEUSE, TRAVAIL SOIGNÉ ! À MOI TOUTE SEULE, JE T'AI FAIT LE CRAZY HORSE DANS LA RUE !

Je ponctue ma phrase par deux nouveaux coups stridents. Alerté par le bruit, quelqu'un s'approche de la voiture et toque à la vitre. En la baissant, Richard m'intime le silence. C'est Gilles, mon boss, la Folle de Chaillot en Berluti.

— Tout va bien, Richard ?

Il se penche un peu plus, rajuste ses petites lunettes et fronce les sourcils en m'apercevant.

— On se connaît, non ?

— Heu, en fait, je travaille pour vous depuis quatre ans. Charlotte Malère. Je…

— Ah, c'est vous, l'article sur Pouplard ! Très bien… Très bien…

Il nous regarde tous les deux avec un sourire entendu.

— Bon, je ne vais pas vous ennuyer plus longtemps… *Très* bonne soirée.

Il s'éloigne en roulant son petit cul labellisé « salle de sport ». Richard profite de cette diversion pour me serrer contre lui. À bout de forces, je fonds en larmes. Il se met à me ronronner ses sempiternelles promesses. Il m'embrasse. Je le repousse avec de moins en moins de conviction.

— Je tiens tellement à toi, mais comprends-moi, je ne pouvais rien faire jusqu'à maintenant. Tu sais bien qu'Irène produit mon film et que ça a tout compliqué.

— Il y a un an, c'étaient les enfants, aujourd'hui, c'est ton film, et demain, ce sera quoi ?

— Demain, c'est mon avant-première. Je te jure de la quitter après. On ne couche plus ensemble. On s'engueule tout le temps. Je te jure, Charlotte, moi aussi j'en ai marre.

Je le laisse glisser une main sous mon pull. La pluie ruisselle le long des vitres embuées. Je soupire et lui demande comment s'est passée sa seconde émission.

— Très bien. Le journaliste a essayé de me faire cracher le sujet du film, mais j'ai esquivé.

— Et tu ne veux toujours pas me le dire, à moi ?

— Ce que je veux te dire, c'est qu'Irène est repartie avec les enfants chez ses parents jusqu'à demain. J'ai très envie qu'on en profite.

En se penchant vers moi pour ouvrir la boîte à gants, il appuie sur le klaxon. On en rigole. Il sort une écharpe.

— Mademoiselle, si vous voulez bien avoir l'obligeance…

Sans moufter, je le laisse me bander les yeux.
Ah, si seulement il n'avait pas mis sa petite veste en velours...

*

— Je peux l'enlever, maintenant ?
— Deux secondes, attends.

Je l'entends s'activer : ouvrir un frigo, faire sauter un bouchon de champagne, allumer plusieurs fois un briquet... Je n'ai aucune idée de l'endroit où l'on se trouve. On n'a pas roulé très longtemps. On est entrés dans un... hall ? On a pris un ascenseur, ça j'en suis sûre, mais...

— C'est bon, tu peux l'enlever.

Je retire l'écharpe et ouvre les yeux d'une gamine devant son premier sapin de Noël. Derrière une grande baie vitrée, la tour Eiffel pétille de mille feux. J'ai l'impression que je pourrais la toucher en tendant le bras. Lentement, je fais un tour sur moi-même. Nous sommes dans une chambre d'hôtel futuriste posée sur un toit de Paris. Je regarde Richard. Une coupe dans chaque main, il savoure sa surprise. Sur la table basse, posé au milieu des bougies, il y a un petit paquet-cadeau.

— Vas-y, ouvre-le.

Je souris.

— Tu n'essaierais pas de m'acheter, par hasard ?
— Non, me racheter tout au plus...

Je déballe un écrin qui renferme une ravissante paire de boucles d'oreilles.

— En attendant que je retrouve la tienne, s'excuse-t-il à demi-mot.

— Richard, promets-moi que je ne revivrai plus jamais des matins comme ça.

La tour Eiffel arrête de scintiller. Dans la pénombre, il murmure :

— Je te le promets.

*

Je sors fumer sur la terrasse, emmitouflée dans un peignoir. Le soleil se lève entre les jambes de la tour Eiffel. Je regarde Richard dormir comme un bienheureux dans le lit suspendu.

Une fois encore, il a effacé en une nuit les désillusions de la veille. Il a l'art de bricoler ces instants magiques qui, chaque fois, me retournent la tête. Je ne sais pas pourquoi, mais ce matin, j'ai l'espoir que les choses vont enfin changer. Il a fallu trois ans pour en arriver là, mille quatre-vingt-quinze jours à désirer dans le vide, mais je ne regrette rien. Il faut boire toute l'eau de son bocal pour enfin s'en échapper.

La terrasse du Annie Hall est blindée. Pendant que ma sœur Delphine court d'une table à l'autre, je prends le soleil de juin avec ma bande de potes. Ma bande, c'est Laure, une fille coquette et bien en chair qui a toujours le cul entre deux chaises. Jamais satisfaite de ce qu'elle a, elle focalise en ce moment sur le mariage.

— On est ensemble depuis sept ans !

Je note :

— En même temps, sept ans de réflexion, c'est un classique.

Ma bande, c'est aussi Paul, un avocat-crevette. Brillant avocat à la scène et crevette à la ville : petit, maigre, rougeaud, avec des soies de porc sur la tête qui peinent à camoufler sa calvitie. À la simple idée d'aborder une inconnue, il a une poussée d'eczéma sous les bras. Depuis quatre ans, il se réfugie dans le boulot pour oublier celle qu'il appelle encore « la femme de sa vie », une fille couleur coin de mur qui l'a quitté pour un prof de sport.

— Je vous préviens, les filles, je tuerai cette ordure... dès que j'aurai trouvé un litre de gin pour me donner du cran et cinq catcheurs pour le maintenir fermement à terre le temps de viser.

Ma bande, enfin, c'est Maya, une fille avec des seins comme des piqûres de moustique, un petit nez en l'air et une coupe garçonne à la Louise Brooks. Tirée à la fine pointe des quatre épingles de la mode, elle jongle entre sa boîte d'événementiel (spécialisée dans les enterrements de vie de jeune fille) et ses rendez-vous Meetic. Elle ne rencontre que des céli-bâtards, mais elle n'a pas le temps de draguer à l'ancienne. Constamment pendue à son téléphone, elle passe ses journées à régler des problèmes de haute importance : limousine en panne et autres sciatiques de Chippendales.

Voilà ma bande d'arrêt d'urgence. Depuis le lycée, on nous appelle Bosley et ses trois Drôles de Drames.

Ma sœur Delphine nous balance les cartes.

— Commandez *fissa*, je suis dans le jus.

Je la retiens *in extremis* :

— Je peux avoir un Coca light ?

— Je peux avoir mes boucles d'oreilles ?

— Merde, désolée. Promis, demain…

— Je vais voir si j'ai du Coca tiède.

Note personnelle : harceler Richard pour qu'il lance des fouilles archéologiques.

Alors que j'hésite entre le cheese frites et la salade sauce à part, mon téléphone sonne.

— Gilles, mon boss ? ! Un dimanche ?

Je m'éloigne pour répondre.

*

Je reviens en exultant, bondissant, bavant, crachant, bref, c'est la guerre du feu.

— Depuis l'émission sur France Inter, mon boss m'a à la bonne. Et devinez quoi ? Il vient de me confier le dossier central du magazine *Cinérama* ! À moi ! Une simple pigiste ! Dix pages pour interviewer un réalisateur et disséquer son film ! Et, *cherry on the cake* : c'est *Sans dimanche*, le dernier film de Richard !

— C'est pas vrai ! explosent-ils en chœur.

Laure referme son *Mariage Magazine*. Paul commande du champagne. Maya laisse son portable sonner sans répondre. C'est la fête, même si je sens bien que tout le monde, Delphine en tête, préférerait qu'il ne s'agisse pas du film de Richard.

*

Qu'est-ce que j'ai foutu de ce carton ?

Devant le cinéma, une hôtesse anorexique me toise de ses yeux de poisson mort. Tout le gratin me bouscule pour assister à l'avant-première. L'hôtesse remet sa grande mèche en place d'un mouvement de tête et me demande de m'écarter. Je suis là à gêner, comme un gros boudin sur le buffet d'une bar-mitsva. J'ouvre mon sac argenté. Je fouille entre les tampons éventrés, les flyers de concerts auxquels je n'irai jamais et mon agenda en charpie. Rien. Je fais les poches de mon petit imper jaune : toujours rien (à part le crayon à lèvres que je cherche depuis des semaines, mais ça n'intéresse personne). Je demande si, par hasard, je ne serais pas sur la liste des invités.

— Charlotte Nalère, vous dites ?

— Non, Malère… avec un M comme Mal baisée.

Un « Chacha ! » suraigu me colle un acouphène. Je me retourne, c'est mon boss.

— Bonjour, monsieur Bertier.

— Monsieur Bertier, quelle horreur ! Madame Bertier, pendant que tu y es ! Je t'en prie, ma chérie, tu me tutoies et tu m'appelles Gilles !

— D'accord… Gilles. Voilà, j'ai un petit souci : je ne comprends pas ce que j'ai fait de mon invitation. Je suis pourtant sûre de…

Il hausse les épaules. Précisant que je suis avec lui, il jette son carton à l'hôtesse sans même la regarder et me lance :

— En rut, mauvaise trompe !

*

Après avoir distribué clins d'œil et mains au cul à tous les people, Gilles s'assoit à côté de moi dans la salle.

— Tu sais, ma Chacha…

Ma Chacha ? On progresse dangereusement.

— J'attends beaucoup de toi sur cet article. Beaucoup. Et je déteste être déçu. Ça me rend chiffon et quand je suis chiffon, je ne plais plus, donc je ne baise plus, ce qui me rend encore plus chiffon.

C'est bien, ça ne me met pas la pression…

Les lumières s'éteignent. Impatiente, je me cale dans mon fauteuil.

*

Les lumières se rallument. Toute la salle applaudit, sauf moi. J'ai le visage bouffi de larmes et des yeux de panda à cause du mascara. Mon boss ne voit même pas que je suis anéantie. Il me demande simplement ce que j'en ai pensé. Je démoule un borborygme vaguement positif.

— Tu vas nous faire un bon papier, alors.

Un bon papier cul, ouais.

L'équipe du film monte sur scène. J'ai la nausée en voyant Richard. La première à parler est la comédienne principale :

— Ça a été très difficile pour moi d'incarner cette fille complètement perdue, amoureuse de cet homme qui ne quittera jamais sa femme... Un vrai travail de composition. D'ailleurs, je remercie Richard de m'avoir fait confiance. Au début, sincèrement, j'ai cru que je n'y arriverais pas. Elle accepte l'inacceptable. Elle court après des illusions. Tout le monde essaie de la mettre en garde, mais elle se complaît dans son cauchemar... Richard avait raison : elle est pathétique et c'est ce qui la rend attachante.

Je disparais dans mon fauteuil. Chacune de ses phrases me crucifie. Le micro passe au comédien qui joue l'amant. Ça, on peut dire qu'il a le beau rôle. J'aimerais me barrer pour échapper au supplice, mais je suis coincée au milieu d'une rangée.

Les minutes rampent comme de grosses limaces, laissant une traînée grasse sur mon amour-propre. Je ne vois pas d'issue jusqu'à ce qu'une main se dresse dans le public. Étonné, Richard lui donne la parole.

— Je ne suis pas du tout d'accord avec vous tous. Pour moi, cette jeune fille est extrêmement touchante, excessive peut-être, mais passionnée et généreuse. Elle a cent fois plus de densité que ce petit mari falot – pour ne pas dire salaud – qui la traite avec un manque total de respect.

Ramasse tes dents, Richard !

Je me tords le cou pour apercevoir mon sauveur... MARTIN ? ! Il enchaîne du gauche :

— Excusez-moi d'être direct, monsieur Bouvier. J'espère que votre film n'est pas autobiographique.

— J'espère aussi ! glousse une femme au premier rang.

Richard, mal à l'aise, nous la présente :

— Irène, ma productrice et, surtout, la femme de ma vie.

Elle se lève et monte sur scène. Elle est enceinte jusqu'au cou... de grâce.

Alors, comme ça, ils ne couchent plus ensemble ?

Dans un mouvement épileptique, je lève le bras à mon tour. Richard fait semblant de ne pas me voir. C'est sa femme qui me donne enfin la parole. D'une voix de soprano dramatique, je souligne :

— La fin du film est nébuleuse : elle quitte son amant ou pas ?

Richard me répond comme un adolescent qui mue :

— Heu... Chacun est libre d'écrire sa fin.

Glaciale, j'affirme :

— Pour moi, c'est limpide : elle le quitte.

*

Courage, fuyons. Dans le hall, je joue des coudes pour échapper à la foule qui se presse au buffet. Du coin de l'œil, je vois Richard assailli par une nuée de petites dindes.

Gilles m'interpelle avec sa discrétion légendaire. Difficile de l'ignorer. J'entame mon chemin de croix jusqu'à lui... et Irène.

Merde !

Gilles me présente comme la journaliste qui, mardi, va interviewer son mari et nous laisse face à face pour aller renifler le petit cul d'un serveur qui passe.

— *Backroom service* ? lance-t-il en s'éloignant.

Je lâche à Irène un « félicitations » étranglé pour sa grossesse. Elle me complimente sur mon sac argenté. On embraie sans mollir sur le temps et la crise financière... Bref, on égrène des lieux communs. Ça me décolle la rétine de le dire, mais elle est très belle. Enfin, pour ceux qui aiment les rouquines carmélites avec des jambes interminables. C'est simple : on dirait Sharon Tate.

D'ailleurs, je lui mettrais bien un coup de Tate.

Richard fend la foule pour s'interposer entre nous. Il sourit à la limite de la paralysie faciale en nous tendant une flûte de champagne à chacune. Irène caresse son ventre arrondi.

— Voyons, Minou, tu sais bien que je ne bois pas.

Elle lève les yeux au ciel avec une moue amusée et l'embrasse.

Gnin gnin gningnin... Ils sont là à m'éclabousser leur bonheur à la gueule.

— Tu es content de la projection, mon chéri ?

— Heu... très.

— Ce soir, tu me feras penser à te parler de la discussion que j'ai eue avec le distributeur. Ça sent très bon.

— D'accord.

Étape 1 : je fracasse ma flûte désenchantée sur la tête de Richard. Étape 2 : je m'entaille les veines avec.

Irène nous demande si on se connaît. On répond à l'unisson, moi « oui », lui « non ». C'est l'accident bête.

Je siffle mon champagne et enchaîne :

— Mais dites-moi, Richard, le film sort quand – connard – dans les salles ?

— Heu… mercredi prochain.

— Ah ! très bien. Et vous avez déjà fait des projections – ordure – en province ?

— Oui, une à Lille.

Irène commence à tiquer sérieusement.

— Et la salle a bien réagi – raclure ?

— Très bien.

— C'est sûr que c'est – enculé – votre plus beau film.

La conversation part en sucette – salopard – et commence à attirer l'attention – bâtard – des gens autour de nous. Irène me dévisage, médusée. Un serveur passe. Je pose ma flûte et en reprends une autre. Richard en profite pour murmurer à l'oreille de son grand cheval :

— Ne fais pas attention, chérie, elle… heu… elle a la Tourette. Tu sais, c'est cette maladie qui…

Dans un geste convulsif, je lui jette mon champagne à la gueule. Surgissant de nulle part, tel un mec du GIGN, Martin m'empoigne :

— Excusez-la, elle a encore oublié de prendre ses cachets.

Il m'entraîne vers la sortie. Dommage, une minute de plus et je faisais de Richard un *bloody* mari.

Dehors, un essaim de photographes attend la sortie des people. L'un d'eux apostrophe Martin :

— Hé, vieux ! Qu'est-ce que tu fous là ?

Martin grimace en me désignant d'un petit mouvement de tête, l'air de dire : « Excuse, je ne peux pas te parler, je l'emmène en HP. » On s'éloigne du cinéma.

*

L'hystérie retombée, je me sens vide et, pourtant, chacun de mes pas pèse une tonne.

— Qu'est-ce que tu fais là, Martin ?

— Quand on glisse un carton d'invitation dans la poche de ma veste, je viens.

— Ah !... Je suis désolée, mais j'ai vraiment besoin d'être seule.

— Je comprends. Si tu changes d'avis, je suis là.

J'avance comme un automate. Il me suit à quelques mètres. Paris se dilue dans mes larmes. Il fait nuit. Je change de trottoir sans regarder. Un flot de voitures manque de m'écraser. Martin me retient, m'aide à atteindre l'autre rive et me laisse repartir. Je le sens derrière moi. Étrangement, ça me réconforte. Je traverse Saint-Germain-Déprime. Déboussolée, je marche au hasard des rues et finis par descendre dans une bouche de métro. Je vais au bout du quai. La rame arrive. Je monte dans un wagon et m'échoue sur une banquette. Les portes se referment. Martin n'est plus là.

Je regarde les stations défiler. Sur tous les quais, l'affiche du film de Richard me nargue en quatre par trois. Crépitements des haut-parleurs dans la rame. Le chauffeur va s'adresser aux usagers. Je soupire. Il ne manquait plus que ça...

« La ravissante demoiselle avec l'imper jaune et le sac argenté est priée de descendre à la station Bonne Nouvelle. »

Je relève la tête. Tous les passagers braquent leurs yeux sur moi. Je me mets à compter les fourches de mes cheveux. Quelques minutes passent. Martin lui-même répète son annonce. La vieille dame assise en face de moi se penche et me murmure avec gourmandise :

— Je trouve ça absolument charmant.

— Pardon ?

— Je dis que je trouve ça absolument charmant.

— J'ai entendu, mais...

— Oh ! je vois bien que vous avez pleuré, mais il faut lui donner une deuxième chance.

Je me lève pour changer de place et là, c'est un homme qui intervient :

— C'est pas là, Bonne Nouvelle. C'est dans trois stations.

— Deux, rectifie un punk à chien.

— Vous vous êtes engueulés ? me demande une fille.

C'est une conspiration mondiale ou quoi ?

Je ne sais plus où me mettre. Debout au milieu du wagon, je colle mes doigts à la barre. Pour me donner de la contenance, je me lance dans une analyse graphique de la ligne 8 affichée au-dessus des portes (c'était ça ou un numéro de lap dance). Le métro s'arrête. Au moment où il repart, une rumeur bien lourde monte dans le wagon. Un homme assis sur un strapontin me tend une boîte de Tic-Tac :

— Non, non, heu... merci, monsieur, mais ça va.

Dans deux secondes, quelqu'un va se lever pour me masser les épaules. Ils sont tous là à me préparer comme une pouliche pour la saillie. J'aperçois le bout du tunnel (enfin, façon de parler...). Bonne Nouvelle. Ma rame s'arrête juste devant une affiche de *Sans dimanche*. Les portes s'ouvrent. Tout le monde me fixe. C'est leur séance du dimanche soir. Faites péter le pop-corn. Je suis debout face au quai. Si je ne bouge pas, ils vont tous se jeter sur moi pour me dépecer (moi-même je suis soupe au lait quand on me sucre mon happy end). La sonnerie retentit. Le wagon retient son souffle.

Adieu, monde cruel, je fais un pas en avant.

Manquant d'arracher un bout de mon imper, les portes se referment. Le métro repart. Tous les visages sont collés aux vitres. Ils défilent de plus en plus rapidement jusqu'à ce que la rame disparaisse. Martin s'avance vers moi. La station est déserte, ambiance Sergio Leone. Un journal froissé en boule traverse le quai. Il ne manque plus qu'un SDF qui joue de l'harmonica. Je croise les bras pour me donner une contenance. Il s'arrête devant moi et me demande simplement :

— Qu'est-ce que tu as envie de faire ?

— Là, maintenant, tout de suite ? Mourir.

*

Je donne des coups de poing dans le sac de sable que Martin tient serré contre lui. Je perds les eaux dans le tee-shirt informe qu'il m'a prêté. C'est fou ce que ça fait du bien de décharger ma colère dans la pénombre de ce club de boxe. Ça sent la sueur et la chaussette sale, il fait une chaleur de bête, mais, franchement, qui regarde la couleur de son gilet de sauvetage (à part Karl Lagerfeld) ? Je frappe en crachant toutes les humiliations que Richard m'a fait subir et que je viens de revivre sur grand écran.

— Comment a-t-il pu se servir de moi comme ça ? Jeter ma vie en pâture ? En trois ans, pas un « je t'aime » ! Est-ce qu'il sait seulement ce que ça veut dire ? Tout ! Il a tout mis dans son film ! Tous les trucs sordides qui me sont arrivés ! Les dîners et les billets de train annulés au dernier moment parce que môssieur avait d'autres projets. Les nuits sans petit déj' et les semaines sans dimanche. Trois ans que le dimanche matin je vais au marché toute seule ! Et puis, ne jamais pouvoir l'appeler quand ça me chante, toujours attendre, attendre...

Je cogne jusqu'à l'épuisement.

*

Après une douche, je rejoins Martin au bar du club. Il vient d'enfiler un sweat gris et a la tête dans le frigo.

— Qu'est-ce que tu veux boire ? Bière, bière ou bière ?

— T'as de la Desespe'rados ?

Il sourit et fait glisser deux Kro sur le comptoir, qu'il débouche avec un briquet (ça et le mec qui enlève son tee-shirt en l'attrapant par le dos, j'ai toujours trouvé ça terriblement sexy).

— Avec ça, je peux te proposer... heu... du cassoulet.

Il sort une grosse boîte de conserve.

— Vas-y, fais péter !

Pendant qu'il… fait péter (donc), je regarde les photos accrochées au mur. Chacune est un instant volé avec une précision de sniper. Une petite fille qui embrasse un musicien dans une rue de Cuba, un trader qui se gratte le nez entre deux buildings à Wall Street, deux amoureux qui se mélangent sur la banquette d'un rade pourri.

— Elles sont super, ces photos.

— Quoi ?

— J'adore les photos.

— Ah ouais… Sel ? Poivre ?

— Les deux. Tu sais qui les a prises ?

— Un con de vingt-cinq piges qui pensait être le nouveau Saul Leiter.

Saul Leiter ? Je vais prendre « l'appel à un ami ».

— C'est un photographe américain des années 1950.

— Et le con de vingt-cinq ans, c'est toi.

— Yap.

Damn, I'm good !

— Dis donc, t'as de l'or dans les mains.

— C'est marrant, c'est exactement ce que ma mère disait.

Je note l'emploi de l'imparfait qui, tout de suite, évoque quelque chose de moins marrant. Après un court silence, je reprends. Mon infaillible sixième sens m'indique qu'il aimerait me parler de ses photos.

— Tu en as fait ton métier ?

— Écoute, j'ai pas trop envie de parler de ça.

Infaillible.

Il pose entre nous un cassoulet fumant. J'attaque la première.

— U vien 'ouvent ichi ? Oh 'utain, 'é chô !

— Ouais, fais attention. En fait, je viens presque tous les jours me défouler après le boulot. C'est mon frère qui a ouvert ça il y a une dizaine d'années.

— Et tu fais quoi, comme boulot, si c'est pas indiscret ?

— Je bosse avec mon père. Aucun intérêt.

Son portable bipe dans sa poche. Il l'ignore et mord dans une saucisse. Je me mets à lui poser plein de questions, d'abord parce que ça m'intéresse – ça, c'est la partie avouable de l'iceberg… –, ensuite parce que je veux éviter de penser au naufrage de ma propre vie – ça, c'est la partie Titanic. Il se confie avec un naturel désarmant. Je bloque sur ses lèvres délicieusement ourlées. Il a un charme fou. Ça commence à ressembler à la rencontre du deuxième type.

*

Après deux heures de discussion, la parenthèse enchantée se referme violemment.

— Charlotte, il faut que tu tournes la page avec Richard.

— Je sais, mais avant il faut que j'en écrive dix.

— Dix pages ? Sur quoi ?

— Le canard pour lequel je bosse m'a demandé de faire son interview et la critique de son film. Autant dire de ma vie… J'ai rendez-vous mardi chez lui. C'est au-dessus de mes forces, mais, en même temps, c'est la promotion pour laquelle je me bats depuis des années. Il reste une bière ?

— Quel genre de questions tu lui poserais ? me demande Martin en ouvrant le frigo.

— Je ne sais pas... « Est-ce que votre film est autobiographique, espèce de rat volant ? »

Martin décapsule deux nouvelles bouteilles et me répond avec une sincérité déconcertante :

— Oui, et c'est d'ailleurs pour ça que c'est le plus beau film que j'aie jamais réalisé. Vous savez, un long métrage, c'est avant tout un sujet : ce film est beau parce que le sujet est beau. Et quand je dis le « sujet », je pense à l'héroïne. Jamais une femme ne m'a autant aimé et, pourtant, je n'ai jamais autant fait souffrir une femme.

Martin me regarde. Décontenancée, j'enchaîne :

— Est-ce que vous regrettez ?

— Vous demanderiez à Dracula s'il regrette ?

— Vous admettez donc avoir... sucé jusqu'au sang la vie de cette fille ?

— Si les réalisateurs pouvaient vivre des histoires, ils n'auraient pas besoin d'en raconter.

— C'est bon, ça... Mais vous avez pensé au mal que ça allait faire à cette personne, je veux dire, dans la vraie vie ?

— Pas une seule seconde. En revanche, j'ai beaucoup pensé à ma gueule et au film que j'allais pouvoir en tirer. Cette jeune femme avait la fantaisie qui, jusqu'ici, manquait cruellement à mes autres films.

— Là, t'y vas fort. T'as déjà vu des films de lui, je veux dire... à part *Sans dimanche* ?

— Aucun. Attrape un papier, un stylo et note. On va lui mettre sa race.

Je m'exécute.

Le stylo en suspens au-dessus de mon bloc, je marque un temps, puis reprends l'interview :

— Vous l'avez aimée ?

— Dans mon film, oui.

— Et dans votre vie ?

— Je n'ai jamais eu de place pour elle dans ma vie.

J'enchaîne des questions de plus en plus intimes. Dans la peau de Richard, Martin se livre sans pudeur. Je noircis des pages et des pages.

— Vous avez une réputation de queutard...

— Qu'est-ce que vous voulez, je plais aux femmes...

— Mais qu'est-ce que vous avez de spécial ? Une bite qui chante, qui danse le zouk ?

— Je ne sais pas, vous voulez venir voir ?

Heu, on est toujours dans la fausse interview, là ?

*

En remontant le quai de Jemmapes, Martin me mime à grand renfort de gestes un de ses combats de boxe. Je rigole. Il en rajoute. Jeu de jambes, direct du gauche, il esquive, DING ! Fin de round. Il s'assied sur un plot en pierre, les bras sur les cordes d'un ring invisible.

— Où est mon soigneur ? J'ai besoin qu'on vienne m'éponger ! halète-t-il en regardant autour de lui.

Ah, c'est moi le soigneur ? Je fais mine de prendre une grosse éponge et de lui essuyer le front (le mime Marceau n'a qu'à bien se tenir). Il baragouine un truc en montrant sa bouche. Je finis par comprendre que je dois lui enlever son protège-dents imaginaire. Je me penche. Il me saisit le poignet, se relève et m'attire contre lui. Il est 5 heures du matin. On est presque devant chez moi et je lis dans ses yeux une folle envie de m'embrasser. Je m'abandonne, me laissant fondre comme une pastille sous sa langue. Il embrasse divinement bien. Il prend son temps. Il m'effleure, me presse imperceptiblement contre lui, dépose un baiser dans mon cou et revient frôler mes lèvres. Il me rend dingue. Je découvre son odeur, ses mains, ses caresses, ses… Il reçoit un nouveau texto qui dynamite la magie du moment.

— Je suis désolé…

Il me repousse tendrement et jette un rapide coup d'œil à son portable.

— Je dois y aller.

— Ah !… Bon… D'accord.

Il me raccompagne jusqu'à mon immeuble. La gêne est palpable. Je m'embrouille dans mon code.

— C'est quoi, déjà, mon moyen mnémotechnique ? Ah oui ! *Fight hate before sex*, donc 5… 8… B4… 6 !

La porte s'ouvre. Un temps. Il me brade un dernier baiser et disparaît.

*

Vingt minutes plus tard, les cheveux plaqués sous un bandeau, je me brosse les dents face au miroir.

Un texto à 5 heures du mat' ? C'est signé « Furax » : le mec est maqué…

La sonnette de la porte me fait sursauter. Je m'étrangle avec mon dentifrice, ce qui me colle direct le hoquet. Je m'approche de la porte sur la pointe des pieds. C'est Martin ! Déformé par le judas, il a une tête de dromadaire impatient. Je ne peux pas lui ouvrir. Je suis démaquillée, je porte mon bas de pyjama distendu, mon tee-shirt Simpson et ma ceinture électrostimulante. En plus, comme je viens de me faire les points noirs, j'ai le nez en chou-fleur.

On aurait dit que je dormais...

— HIC !

Merde, grillée.

— Charlotte, je t'entends, je sais que tu es là. Ouvre s'il te plaît, j'ai quelque chose à te dire.

Me rhabiller : deux minutes, me remaquiller : cinq minutes.

— Charlotte...

Ta gueule, je réfléchis. Ça nous fait sept minutes. Pour virer au moins les trucs qui traînent dans le couloir : deux minutes. Putain, déjà neuf minutes, c'est beaucoup trop...

— Charlotte, je sais que tu es là.

Même pas vrai.

— HIC !

— Charlotte... Bon, d'accord, n'ouvre pas.

Il se colle à la porte.

— À la limite, je préfère... Voilà... Comment dire ça... Je... je suis avec quelqu'un depuis cinq ans.

Putain, j'en étais sûre ! Je les attire comme des mouches sur un étron fumant !

— C'est la fille du meilleur ami de mon père. Elle est belle, cultivée, intelligente : parfaite... mais peut-être pas parfaite pour moi. Je ne sais plus où j'en suis. Je me suis rendu compte à quel point je m'ennuyais avec elle. Pardon, je pars dans tous les sens, mais après ce que tu viens de traverser, je ne veux pas te mentir. Je suis avec quelqu'un et pourtant tu me plais... terriblement.

— HIC !

— Non, attends, je ne suis pas tout à fait honnête. Pour te dire la vérité, quand je t'ai croisée hier matin en petite tenue, puis à la kermesse, j'ai trouvé la coïncidence surprenante. Bêtement, je me suis dit que tu n'avais pas l'air farouche, que j'allais t'inviter à dîner et m'offrir une petite aventure.

— HIC !

— Charlotte, ouvre cette porte. Je ne sais pas ce que tu penses et ça me rend nerveux.

Si tu savais ce que je pense, ça te rendrait épileptique.

— Charlotte, s'il te plaît...

Je retire ma ceinture, la jette et ouvre tout doucement (en priant – HIC ! – pour que la lumière du palier ne soit pas trop agressive). Il pousse un hurlement qui me colle à la porte.

Je suis si laide que ça ?

Silence.

— C'est bon, t'as eu peur ? enchaîne-t-il.

— Pardon ?

— Je peux continuer ? Il est passé, ton hoquet ?

— Ah !... heu... Oui, je crois.

— Peut-être que je me fais des films, mais je sens un truc fort entre nous. Est-ce que je me trompe ? Charlotte, réponds-moi : est-ce que je me trompe ou est-ce que c'est réciproque ? Non, pardon, ne me réponds pas. C'est vraiment pas le jour pour venir gratter à ta porte, avec Richard, le film... mais tu vois, justement, c'est le film qui a tout fait basculer ! Ça m'a touché personnellement parce que... parce que je suis nul, si tu savais à quel point... Tu veux savoir à quel point je suis une merde ?

Bah, j'y tiens pas spécialement, non.

— Quand on s'est rencontrés, hier, je...

— C'est bon, Martin, tu me l'as déjà dit, ça. Tu m'as vue à poil. Tu m'as revue habillée. Tu t'es dit que tu me préférais à poil et que...

— Mais non !

— Martin, si tu dois quitter ta meuf, ça ne doit être ni pour moi ni pour personne d'autre. Bonne nuit.

Et je referme la porte. Un temps. Je l'entends tourner les talons. Il n'a pas descendu quatre marches que je cours dans la salle de bains.

Miroir, mon beau miroir... Non, je t'en supplie, ne dis rien.

Dans le hall d'entrée, je teste mon Dictaphone en enregistrant la première phrase qui me vient à l'esprit :

— Aujourd'hui, je vais faire l'interview de cet enculé de Richard qui m'a sautée pendant trois ans.

Stop. Je vérifie : « Aujourd'hui, je vais faire… » C'est bon, ça marche. Je monte les marches, nerveuse comme une dinde le matin de Thanksgiving. Arrivée au premier étage, j'inspire un bon coup et sonne. En me voyant, Rosa tressaille et me referme la porte au nez.

Sortez la dinde, on va se la farcir.

Inspiration. Expiration. Je re-sonne. Rien ne se passe… jusqu'à ce que Rosa entrebâille la porte, juste le temps de me jeter un sac plastique plein à craquer.

Plaisir d'offrir, joie de recevoir.

Je dénoue le sac et en sors ma robe, les menottes en fourrure rose… Oh ! putain, si ça se trouve, il y a la boucle d'oreille ! Je renverse le sac par terre et fouille dans le tas de fringues. Nada. Ma sœur va m'étriper. Alors que je suis accroupie, un Dim Up à la main, la porte s'ouvre en grand. Je lève les yeux : la femme de Richard !

— Je me disais bien que j'avais entendu sonner. Qu'est-ce qui vous prend, Rosa ?

— Bonjour, Irène. Je… Attendez, j'en ai pour une seconde…

Je fourre le bordel dans mon sac à main en meublant comme je peux.

— Vous allez bien ? Le bébé, tout ça…

Je me relève raide comme la justice et lui serre la main. Elle me fait entrer. Dans son dos, Rosa fait un signe de croix en me fixant comme une exorciseuse.

— Vous allez mieux ? s'inquiète Irène en me débarrassant de ma veste.

— Ah ! Oui, bien sûr ! D'ailleurs, je voulais m'excuser pour mon comportement au cocktail. Vraiment, je suis désolée.

— Mais non, voyons, c'est moi qui suis désolée pour vous. Ça ne doit pas être très drôle tous les jours.

Tous les jours, non, mais ce soir-là, ça avait son charme.

— En tout cas, vous n'avez pas de chance : Richard est patraque depuis ce matin. Il vous attend dans le petit salon.

— Très bien.

Je trace. Derrière moi, Irène s'étonne :

— Vous connaissez l'appartement ?

Je pile.

— Non… bien sûr que non ! En fait, je… marche toujours au feeling.

Au feeling ? ! Qu'est-ce que je raconte ?

Elle me devance jusqu'au petit salon. Je découvre Richard, blanc comme un linge, se tortillant sur le canapé. Dès qu'il m'aperçoit, il court aux toilettes, plié en deux. Irène en profite pour me glisser :

— Richard m'a tout raconté.

— Heu... C'est-à-dire ?

Je serre les fesses.

— Ne le prenez pas mal, il me dit tout.

— Excusez-moi, Irène, mais vous pourriez être plus précise ? Je suis un peu perdue, là.

— Il m'a dit pourquoi il avait fait mine de ne pas vous connaître au cocktail.

— Ah bon ? Mais... heu...

— Vous savez, je n'ai peut-être pas l'air, mais je suis très ouverte et puis j'en ai vu d'autres.

— D'autres ?

— Bien sûr ! Vous savez, quand on y pense, tomber amoureuse d'un homme marié, ce n'est pas un crime. Ça peut arriver à chacune d'entre nous. Pour tout vous dire, quand j'ai rencontré Richard, il n'était pas libre.

— Donc, ça... ça ne vous dérange pas ?

— Pas le moins du monde. D'autant que, pour être franche, je n'aime pas sa femme.

— Sa femme ?

— Je suis bête, évidemment, vous ne la connaissez pas. Bref, vous êtes la maîtresse de Patrick. On ne va pas en faire tout un plat.

Ou alors un plat qui se mange froid.

— Ah !... le fumier. Je veux dire, quel fumier, ce Patrick ! Le pire, c'est quand ils commencent à faire des promesses, c'est dégueulasse, vous ne trouvez pas ?

Richard revient, vert-de-gris. Je le fusille du regard.

— C'est dégueulasse, non, Richard, de tromper sa femme ? Surtout quand on a des enfants !

Il ouvre les yeux à s'en fendre le crâne.

— Qu'est-ce que vous voulez que je vous dise, soupire Irène, tous les mêmes. Enfin, presque…

Elle embrasse Richard dans le cou et ajoute :

— Par contre, j'ignorais que Patrick avait des enfants. Bon, maintenant qu'on n'a plus de secrets, mademoiselle Malère, un petit café ?

— Pourquoi petit ?

Alors qu'Irène file en cuisine, Richard se laisse tomber dans le canapé et gémit à voix basse :

— Je t'en supplie, ne fais pas d'esclandre. Regarde dans quel état je suis. Ça me rend malade depuis ce matin de t'imaginer ici, avec Irène. Je sais que je t'ai fait des promesses de Gascon…

— De gros con.

— Si tu veux, mais comment je pouvais me douter que tu allais réagir comme ça en voyant le film ?

— Surtout, comment tu pouvais imaginer que j'allais réagir autrement ?

— Cette interview, ce n'est pas une bonne idée. Il faut que *Cinérama* envoie quelqu'un d'autre. Tu es trop impliquée dans cette histoire pour être objective.

— Va chier !

Au sens propre comme au sens sale.

Je sors mon Dictaphone et prends mon bloc-notes pour démarrer l'interview. Irène revient, pose les cafés sur la table basse et s'assied à côté de son mari.

— Vous restez, Irène ?

— Oui, ça vous ennuie ?

— Pas du tout.

Le bide de Richard émet un gargouillement distingué. En enclenchant mon Dictaphone, je me trompe de bouton : « ... l'interview de cet enculé de Richard. » Tête d'Irène. Je plonge sur l'engin et l'arrête.

— Pardon... Je vous jure, la Tourette, c'est moche... Bon. Prêt ?

Richard a surtout l'air prêt à ramper jusqu'au balcon pour se défenestrer, mais je l'ignore superbement. Je presse la touche « *Record* » et balance ma première question :

— *Sans dimanche* est-il un film autobiographique ?

Richard se liquéfie et se rue à nouveau aux toilettes. Rosa entre dans la pièce, un plumeau à la main. Elle nous observe en époussetant tout et n'importe quoi. Des bruits répugnants ne tardent pas à nous parvenir. Irène pique un fard et se met à parler très fort :

— CETTE RUMEUR EST TOTALEMENT INFONDÉE ! JE L'AURAIS SENTI, SI RICHARD ME TROMPAIT DEPUIS TROIS ANS AVEC UNE SHAMPOUINEUSE !

Je préfère technicienne capillaire.

Elle a beau s'égosiller, elle n'arrive pas à sauver l'honneur de son mari qui nous offre un concert de musique contemporaine. Nouvelle diversion sonore : Irène se met à taper sur les accoudoirs du canapé le plus naturellement possible. Ça paraît aussi naturel que Nadine de Rothschild dansant un pogo.

— VOUS TRAVAILLEZ POUR *CINÉRAMA* DEPUIS LONGTEMPS, CHARLOTTE ? VOUS PERMETTEZ QUE JE VOUS APPELLE CHARLOTTE ?

Pour toute réponse, je souris. Je m'en voudrais d'émettre le moindre son. J'ai beaucoup de respect pour la musique.

— SI VOUS VOULEZ BIEN M'EXCUSER UNE MINUTE…

Irène s'éjecte du canapé et sort en fermant la porte. Je l'entends courir dans le couloir, fermer une deuxième porte et… plus rien. Je suis là, assise dans le fauteuil, mon bloc sur les genoux et le regard de Rosa sur la nuque.

C'est l'occasion rêvée d'aller chercher ma boucle d'oreille ! Je me lève d'un bond. Ignorant Rosa, je passe la tête dans le grand salon. *CLEAR !* Première, seconde, j'accélère. J'ai deux minutes max pour la retrouver. Salon, couloir. Je cours à grandes enjambées silencieuses, tel un héron (je ne vous cache pas que c'est sûrement très gracieux). Couloir, chambre ! Dans la précipitation, je claque la porte derrière moi. La poignée tombe. Pas grave, je la remettrai pour sortir. Je plonge au sol et glisse mon bras sous le lit. Rien. Je saute sur mes pieds, fais le tour de la chambre comme un cochon truffier : rien par terre, rien sous les tables de chevet, rien sous la chaise. Merde ! J'inspecte le rebord de la fenêtre, rien ! Merde, merde, merde !

Alors que je me résous à retourner bredouille dans le petit salon, quelqu'un essaie d'entrer dans la pièce. Je me rends compte à cet instant (il n'est jamais trop tard) que je me suis enfermée dans la chambre conjugale sans anticiper une excuse au cas où l'orage éclaterait.

— Rosa ? Vous êtes là ? demande Irène en agitant la poignée.

Orage, ô désespoir...

J'entends Rosa répondre « *No* » depuis le grand salon.

— C'est encore la poignée ! Il faut fermer la fenêtre, Rosa ! Je vous l'ai dit, sinon ça fait des courants d'air ! Il faut que je prenne les médicaments de Richard dans sa table de chevet. Vous pouvez venir m'aider, s'il vous plaît ?

Prise de panique, je me planque sous le lit. Non, mauvaise idée ! Si par malheur elle me trouve, je suis finie. Qu'est-ce que je dirais ? « Excusez-moi, Irène, je me sentais un peu fatiguée alors je me suis allongée sous votre lit. » Ça ne marche pas. Je me relève. Rosa est allée chercher la caisse à outils. Elle commence à triturer la poignée. Je suis morte. À moins que... Je cours jusqu'à la fenêtre, l'ouvre et évalue la situation : le balcon du salon est à moins de deux mètres sur la droite. Je peux le faire.

— Vous y arrivez, Rosa ? s'impatiente Irène.

GO, GO, GO !

J'enjambe la rambarde, m'y accroche solidement de la main gauche, le dos collé à la façade. De la main droite, j'agrippe le rebord du balcon. Parfait. Je fais l'étoile de mer : en appui sur trois orteils d'un côté, deux orteils de l'autre et les mains cimentées au fer forgé. Pour bien faire, il faudrait que je lâche la main gauche et que, hop ! dilatation du biceps droit (quel biceps droit ?), je me retourne comme une crêpe vers le balcon. J'en suis incapable.

Ça s'active toujours de l'autre côté de la porte. Je ne vois qu'une solution : sauter dans la rue. Ce n'est pas comme si je ne connaissais pas le chemin... Sauter et remonter sonner en disant que j'ai fait une tentative de suicide, mais que je me suis loupée.

La porte de la chambre s'ouvre ! Décharge d'adrénaline. Je me retourne comme à la Chandeleur et me retrouve sur le balcon.

Call me Super Jaimie !

— Vous voyez, Rosa, la fenêtre est ouverte ! Combien de fois il va falloir que je vous le répète ?

Irène ferme la fenêtre. Irène ferme toujours toutes les fenêtres, surtout celle du salon, comme je viens de le constater avec un début d'accablement (léger, mais néanmoins notable). Je suis donc coincée sur le balcon, ce qui, à la réflexion, est pire que d'être enfermée dans la chambre. D'abord, niveau cachettes, c'est extrêmement limité, ensuite, comment me justifier si Irène me voit ? « J'avais envie d'un petit bol d'air ? » Oui, mais non, parce que la fenêtre est fermée de l'intérieur. Je réfléchis à m'en faire cailler le fromage de tête. Bon, sauter ou rester en vitrine. Choisis ton camp, camarade.

Rosa entre dans le salon. Rosa Rosa Rosam ! Sainte Rosa ! Je joins les mains et l'implore du regard.

It sounds like a déjà-vu.

Elle commence par cligner des yeux comme une volaille, puis elle secoue la tête, traverse le salon et ouvre la fenêtre.

— Gracias ! Gracias, Rosita ! Vous êtes vraiment...

— Charlotte ?

Irène vient de s'encadrer dans la porte du salon.

— Qu'est-ce que vous faites ? Richard va un peu mieux, il vous attend.

— J'arrive... Je... prenais un bol d'air. Il est dans le petit salon, j'imagine. C'est par où, déjà ?

Je retrouve Richard, tout flasque dans le canapé. Il tente un inaudible :

— On pourrait peut-être reporter l'interview ?

D'un calme olympien, je rebranche mon Dictaphone et réponds :

— La reporter, c'est l'annuler. Je dois rendre mon papier ce soir. Ce serait dommage pour la promo... Alors, comment t'est venue... pardon, comment *vous* est venue l'idée de ce film ?

Richard ouvre la bouche. Aucun son ne sort. Pas de problème, j'ai tout mon temps. Je souris à Irène et jette un coup d'œil à mon bloc où les attendent encore une multitude de questions tordues et autres fourberies de calepin.

— L'idée de ce film, vous dites ? C'est-à-dire qu'il n'y a pas eu... heu... de moment précis, j'avais juste envie... de parler de l'infidélité.

— C'est un sujet qui vous touche ?

— Comme tout le monde... j'imagine.

— Vous-même, vous êtes fidèle ?

— Comme un chien.

— Si ça ne vous ennuie pas, j'écrirai « comme un bâtard ».

— Bah, j'aimerais mieux pas, non.

Je bois du petit-lait.

— Vous avez demandé à la comédienne principale de forcer sur le pathétique. C'est bien le terme que vous avez utilisé ?

Un vrombissement le sauve. Rosa vient passer l'aspirateur sous nos pieds. Atterrée, Irène lui demande de l'éteindre :

— Voyons, Rosa, vous perdez le sens commun ? Vous voyez bien qu'on fait une interview !

Irène se lève et lui demande de la suivre pour lui donner des travaux de couture. Elles quittent le salon. Richard coupe le Dictaphone et tombe à genoux devant moi :

— Je t'en supplie, Charlotte, annule cette interview.

— J'ai envie de te dire... non. C'est la chance de ma vie, ce papier.

— Brode autour de ce qu'on vient de dire, invente, je ne sais pas, moi...

Il ne connaît pas la plume de l'oiseau de Malère pour dire un truc pareil.

— Charlotte, Irène est enceinte. Elle est fragile. Elle ne le supporterait pas. Épargne-nous, je t'en conjure.

À cet instant, je comprends qu'il n'a jamais songé un seul instant à quitter sa femme.

— Richard, maintenant, tu ne dis plus un mot.

— Char...

— Non ! Fini de me chanter Ramona ! Je vais tout lui dire de A à Z... en passant par le Q, bien sûr. Elle va savoir à quel point tu l'as prise pour l'Irène des connes, et si elle fait un prématuré, ce ne sera pas ma faute.

— Mais t'es infâme...

— Non, je suis une femme, une femme qui souffre depuis trois ans, mais heureusement, tout ça, c'est fini... FINI !

— Ah, c'est déjà fini ? s'étonne Irène en revenant.

Richard se relève en apnée. Le regard d'Irène glisse de lui à moi. À cette seconde où tout peut basculer, j'ai la sensation grisante de détenir l'arme de destruction massive.

— Je me disais, intervient-elle, que « Charlotte », c'était vraiment ravissant comme prénom. Hein, chéri, qu'est-ce que tu en penses ? Si c'est une fille…

Respire, Richard, respire.

— On ne veut pas savoir avant si c'est une fille ou un garçon. On a déjà deux petits gars, alors, il aimerait une fille, évidemment. Vous connaissez les hommes…

Mal.

— Je vous raccompagne à la porte, Charlotte ?

J'abandonne mon projet de pulvérisation de la planète Richard. À quoi bon ? Je rassemble mes affaires sans un regard pour lui et suis Irène jusqu'à l'entrée. Elle ouvre la porte et me serre la main.

— Vous avez quand même de quoi faire un article ?

— C'est léger, mais je vais essayer.

— Parfait, alors.

— Voilà, parfait.

— …

— …

Lâche ma main.

— Vous savez, Charlotte, je vous trouve étonnante.

— Heu… merci.

— Quel sang-froid ! Quelle repartie !

— C'est-à-dire que… je ne suis pas sûre de vous suivre, Irène.

Elle plonge sa main libre dans une poche de sa robe de grossesse et en ressort la boucle d'oreille.

— C'est ça que vous cherchiez tout à l'heure ?

J'ai l'impression que le lustre de l'entrée vient de me tomber sur la tête. Je regarde la boucle d'oreille comme si j'en voyais une pour la première fois de ma vie.

— Charlotte ?

— Oui ?

— Je ne veux plus jamais vous revoir.

— Bien sûr.

Elle me fourre la boucle d'oreille dans la main, me pousse sur le palier et claque la porte.

C'est ma sœur qui va être contente.

Paul, le seul membre viril de la bande, se gare devant le journal. Je lui demande de m'attendre.

— J'en ai pour trois minutes. Je récupère ma clé USB et je redescends.

— Je peux monter avec toi ? Ça m'amuserait de voir tes bureaux... Tu sais, je suis un peu nostalgique de l'ambiance que j'ai connue quand j'étais rédac chef du journal de la fac.

— Bien sûr, monte.

Dans l'ascenseur, il me confie :

— J'avais une assez belle plume à l'époque... Quelque part, je t'envie.

Quelque part ? J'aimerais bien savoir où.

Arrivés à l'étage, on croise Nadège, la brunette de la compta qui me demande avec un large sourire :

— Ça marche toujours, pour la soirée de tes trente ans ?

— Oui, on cherche encore la salle, mais de toute façon je t'envoie un mail dès que tout est réglé. Tu viens, alors ? Super !

— C'est sûr, je viens... et peut-être même accompagnée !

— Oh, t'as trouvé une meuf ?

— J'ai dit « peut-être »…

À travers la vitre de son bureau, Gilles me fait signe de venir. Je laisse Paul se desquamer seul face à Nadège.

Je prends la clé USB dans le tiroir de mon bureau et rejoins Gilles.

— Bonjour, Chacha. Ferme la porte, s'il te plaît… Dis donc, dis donc, pas terrible ton dernier dossier.

— Mon dernier article, tu veux dire ? Sur le film belge ?

— Non, le gros dossier, là.

D'un petit mouvement de menton, il montre Paul qui parle avec Nadège. Mon pauvre Polo : il oscille imperceptiblement d'avant en arrière, les épaules rentrées et les joues couleur crête de coq. Je jurerais qu'un filet de fumée lui sort des oreilles.

— Je t'imaginais… je ne sais pas, moi, avec un mec plus joli.

— C'est mon meilleur ami. Il est extrêmement drôle, fin, cultivé… Je ne compte plus les expressions que je lui ai piquées pour écrire mes articles.

— T'as raison, ma chérie, dans ce métier, il faut pomper pour réussir. Alors, pourquoi je voulais te voir, moi ? Ah, oui ! J'ai positivement a-do-ré ton interview de Richard Bouvier !

Il se met à pleuvoir sous mes bras.

— C'est culotté… voire déculotté. Tu étais très en verge, ce jour-là ! Quand tu lui dis qu'il est un… quoi, déjà… un queutard ! Oh, j'ai failli pisser dans mon Calvin Klein ! Je ne savais pas qu'il avait autant d'autodérision !

Lui non plus.

— En tout cas, je ne regrette pas de t'avoir confié ces dix pages ! Autant de franchise, venant de Bouvier, c'est un scoop. Franchement, Chacha, toutes mes fellations !

— Ravie que... ça t'ait plu...

Il marque un temps, hausse les sourcils, deux fois, très vite, et murmure :

— Je suis au courant.

— Au courant ?...

— Oui.

Sous mes bras, c'est la mousson.

— Je ne vois pas de quoi tu parles.

— Chacha, pas à moi... Je sais comment tu l'as obtenu, ce scoop.

Je reste comme deux ronds de flan flasque.

— Gilles, je ne sais pas ce que tu vas t'imaginer, mais...

Il lève la main.

— N'en dis pas plus. Ça m'ennuierait que tu me mentes.

Il attrape le *Voici* posé sur son bureau et me le tend :

— Vas-y, feuillette.

Je m'exécute... dans tous les sens du terme, parce que je sens bien que le gros pépin est *just around the cover*. Ça pue la photo volée de Richard et moi. Je passe vite sur le courrier des lecteurs et les potins (je prends sur moi, ce sont les pages que je préfère). Je survole les éternelles mêmes gueules et l'article sur les stars au réveil (putain, elle prend cher, Cameron Diaz). Je saute le régime Maori et... je m'emplafonne une double page qui me fossilise. C'est exactement ce que je redoutais. En pire.

71

Le titre s'étale en grosses lettres roses : SANS DIMANCHE ET SANS PANTALON, et en sous-titre : « Une femme nue s'échappe de l'appartement de Richard Bouvier. » Le poids mort des mots, mais surtout le choc frontal des photos qui illustrent l'article : moi qui essaie de décrocher le drap du volet, moi qui ramasse mon sac, moi encore qui cours derrière le taxi, mamelles au vent… Les clichés sont flous. On me reconnaît à peine, mais j'imagine qu'ils citent mon nom. Je parcours l'article entre deux spasmes. Ils ne citent pas mon nom ! Ils ne citent pas mon nom !!

Retour à la case Gilles qui sourit, content de lui. Il y a peu de chances pour que ça passe, mais je m'étrangle avec un :

— Oui ? Et quel est le rapport avec moi ?

— Chacha… Il n'y a pas de honte… Au contraire, dans ce métier, c'est très bien d'avoir de l'entrejambe.

— Aaah, tu crois que c'est moi ! Je n'avais pas compris ! Mais tu sais que des blondes décolorées, il y en a des quantités industrielles !

— J'ai reconnu ton sac, chérie… D'ailleurs, il faut que tu en changes. Il est grillé, celui-là. J'en ai repéré un qui… Non, je ne te dis rien. Je te ferai la surprise quand je viendrai à ton anniversaire.

— Quand tu viendras, mais… tu veux dire, physiquement ?

Je ne me souviens pas de l'avoir invité, Stanley Lubrique.

Sa secrétaire frappe à la porte. Il lui fait signe d'attendre et enchaîne, tout à coup plus sérieux :

— Tu as bien l'accord de Richard pour publier l'interview ?

Nouveau coup d'œil aux photos. Je sens la colère monter.

— Son accord ? Mais bien sûr ! Et pour la couv', je viens même de penser à une photo. Je la scanne et te l'envoie.

— C'est bien, ma fille : t'es une winneuse. J'aime ça. Tu sais, dans ce métier, il faut en vouloir.

Ça tombe bien, j'en veux, j'en veux, j'en veux à tout le monde.

*

À la terrasse du Annie Hall, Laure est encore en train de chercher un stratagème pour que son mec lui demande sa main. Maya débarque.

— J'ai essayé de me faire épiler pour mon Meetic de 14 heures. Laisse tomber, tous les poilus se sont réveillés en même temps, c'est la guerre de 14 pour avoir un rendez-vous !

Elle pose un pied sur un coin de ma chaise et remonte une jambe de son pantalon Claudie Pierlot pour nous faire constater le désastre.

— Je fais comment ? C'est la jachère totale !

On distingue à peine un duvet d'adolescent chinois...

— J'annule Meetic !

— Mais non, Maya, ne sois pas ridicule.

— Ridicule ? J'ai viré des stripteaseurs pour moins que ça.

— Ils se rasent, les stripteaseurs ? hallucine Paul.

— Je ne sais pas si t'es au courant, mais la mode n'est plus du tout à l'ambiance de la brousse. Ils se rasent même les kiwis.

Laure sort un rasoir de son sac et le tend à Maya.

— Oh, merci, tu me sauves !

Elle fonce aux toilettes. Je me retourne vers Laure, le sourcil levé.

— T'as des rasoirs dans ton sac, toi ?

— Oui, parce que je veux toujours être impeccable, et tu sais pourquoi ? Parce que je suis l'épouse idéale : je cuisine super bien, je fais des massages aux huiles essentielles pendant des plombes. Dès qu'on s'envoie en l'air, c'est la Walkyrie ! Toupie mexicaine, brouette moldave, supplice du foulard, tout y passe, et il ne veut toujours pas m'épouser ! Alors là, la question est simple : pourquoi ? Pourquoi ? ! Paul, t'es un homme ?

— Je le crains.

— Alors, dis-moi pourquoi.

— Pourquoi… T'es marrante, je ne suis ni dans sa tête ni dans votre pieu.

— Ah, on y arrive ! C'est mon poids, c'est ça ! Pas de lune de miel pour les diabétiques ! Le seul anneau dont je peux parler avec lui, c'est l'anneau gastrique ? Vous trouvez ça normal ? Non, je ne vois qu'une solution pour qu'il m'épouse : je le quitte !

— Ah, pas con, note Paul.

J'interviens :

— Laure, je peux te donner un conseil ?

— Ça dépend.

— Est-ce que je t'ai déjà donné un mauvais conseil ? Enfin… à part pour ta permanente.

— Non.

— Oublie ces conneries, ça viendra quand ça viendra. Tu ne vas pas le quitter, c'est débile.

— Mais nan ! Je ne veux pas le quitter… je veux juste faire genre je le quitte ! Je lui dis que c'est trop dur, que je me sens rejetée-par-son-refus-de-m'épouser et, le temps qu'il réagisse, je vais habiter chez toi. Qu'est-ce que t'en dis ?

Je souris. Je dodeline de la tête. Je hausse même un peu les épaules pour faire la fille concernée et, tout à coup, je craque : j'abats le *Voici* sur la table comme si j'avais le pouilleux dans mon jeu.

Ah, on fait moins les malins...

Le temps que ça monte au cerveau et je vois leur visage se décomposer. Ils sont hypnotisés par les photos. Le magazine passe de main en main. Une minute de silence en hommage aux victimes de l'amour. Maya revient. Elle est la dernière à constater l'étendue des dégâts.

Oui, c'est moi. Je sais, c'est affreux. Tu as mal pour moi. Tu voudrais me prendre dans tes bras, mais la pudeur t'en empêche, je comprends, je comprends...

Elle relève la tête et me toise.

— Attends, Charlotte, t'es dégueulasse, comment t'as pu nous cacher un truc pareil !

— Pardon ?

— Toi, à poil dans la rue, et tu gardes ça pour toi !

— Maintenant que tu me le dis, c'est clair : c'est hyper-égoïste de ma part.

— C'est pas ce que je voulais dire, mais... pourquoi tu nous as rien dit ?

— Parce que j'avais honte.

Je reprends mon *Voici* et le fourre en boule dans mon sac. Je n'aurais jamais dû le sortir, comme ça, à table. Je le sais, pourtant, qu'on ne mélange pas les torchons et les serviettes.

Paul hasarde une main sur mon bras.

— On ne te reconnaît pas. Franchement, si je l'avais feuilleté dans la salle d'attente de mon dermato, je n'aurais jamais fait le lien entre toi et cette grande blonde pulpeuse.

Je ne sais pas comment je dois le prendre.

Maya et Laure se refilent la patate chaude :

— Il a raison...

— Franchement, les photos sont mauvaises...

— Mauvaises ! Floues, mal cadrées ! On ne voit rien ! T'as maigri, non ?

— Charlotte, je t'assure, personne ne va tilter.

Ma sœur, qui n'a rien manqué de la scène, se jette sur cette nouvelle pièce à conviction pour rouvrir le dossier Richard. Je l'arrête tout de suite :

— C'est fini. J'ai rompu. C'est bon : je me suis vue à quarante-cinq ans, seule comme un raisin sec, avec la vulve qui baisse. Quelle quiche d'y avoir cru... Quand je pense que ce salopard de Martin m'a dit qu'il quitterait sa femme après son avant-première !

— C'est qui, Martin ?

— Martin ? J'ai dit Martin ? Non, Richard, bien sûr ! Martin... n'importe quoi. Je ne connais même pas de Martin. Si, j'en ai connu un, mais en CM2. C'était le petit gros de la classe. Rien à voir.

Ce lapsus me reste coincé en travers du gosier. Heureusement, Paul donne un petit coup de gong qui me sauve :

— 14 h 07, les filles.

Maya a donné rendez-vous ici même à son « Meetic de 14 heures ». Depuis que son dernier *blind date* a essayé de lui brûler les tétons au cigarillo avant de se clouer la bite sur sa table basse, elle met un point d'honneur à ce qu'on retienne le visage du nouveau. Comme ça, si on la retrouve au fin fond du Mexique avec un rein en moins, on pourra faire son portrait-robot. On se lance dans notre petit jeu favori pour repérer son futur tortionnaire. Paul ouvre les festivités :

— Matez à 3 heures : un mélange de Tom Cruise et de Michel Galabru. Enfin… il a la taille de Tom Cruise et la gueule de Galabru.

Laure embraie sur celui qui traverse à midi :

— Un beau spécimen : Jude Law-Bernard Menez ! La calvitie de Jude Law et le poireau de Bernard Menez ! Oh, la tronche, t'imagines, Maya, si c'était lui, le père de tes enfants ?

— Ça tombe bien, je ne veux pas d'enfants. Qu'est-ce que vous pensez de ma nouvelle carte de visite pour la boîte ?

Elle nous en distribue une à chacun.

— Super, la typo que tu as choisie pour écrire *EVJF*, s'enthousiasme Laure.

— Et *EVG*, ça veut dire quoi ? demande Paul.

Maya s'étonne :

— Bah, enterrement de vie de garçon. C'est clair, non ?

Delphine note en passant qu'EVG, ça fait surtout maladie. Maya en profite pour lui refourguer un paquet de cartes de visite pour qu'elle lui fasse de la pub au resto. Inspirée par un nouveau spécimen, je reprends le jeu :

— Ouh ! Sandales Jésus à 9 heures, bermuda, chemise à carreaux, ça sent le Guide du routard…

Maya me coupe :

— C'est lui.

J'hésite à me planter une fourchette dans la jugulaire. Se dirige vers notre table un troll des montagnes aux yeux bleus et aux golfes clairs (d'aucuns diraient « chauve », mais ce serait médire, on aperçoit un petit Chaussée aux Moines).

— Putain, sur sa photo, il ressemblait à Ed Harris…

Maya se lève.

— François ?

Il opine et lui claque les quatre bises de rigueur. Inutile d'être morpho-psychologue pour affirmer que ce mec a de l'humour sur lui-même (sinon, il aurait déjà mis fin à ses jours). Il ne s'attendait pas à un comité d'accueil. Pourtant, il nous salue avec un sourire bonhomme.

— On peut rester boire un verre avec tes amis, si tu veux.

— Non, pas spécialement. Enfin… je connais un endroit… Allez, salut tout le monde.

Alors qu'ils s'éloignent, Maya se retourne vers nous et se met deux doigts dans la bouche. Impossible de savoir si elle mime « je vais vomir » ou « je vais me tirer une balle dans la luette ». Paul sort un « chauve qui peut… » qui nous fait éclater de rire.

Assise par terre dans ma chambre, j'ouvre une boîte à chaussures et je fouille dans les lettres et les photos de Richard. Je tombe sur celle qui m'intéresse : en hommage à Polnareff, Richard pose de dos, les fesses à l'air et le visage tourné vers moi. Il va avoir fière allure en couverture de *Cinérama*. C'est tellement loin de l'image suffisante qu'il s'ingénie à donner...

À lui seul, ce cliché va alimenter pendant des semaines tous les tabloïdes à scandale et il n'est pas exclu que cette photo de ses fesses reste dans les annales. Après tout, l'image que l'histoire a retenue d'Einstein, c'est celle où il tire la langue.

Je la scanne, l'envoie à Gilles et me traîne jusqu'au frigo. Je l'ouvre : j'ai le choix entre un masque relaxant pour les yeux et des yaourts périmés. C'est la fête. J'empoigne mon Caddie en toile écossaise et je claque la porte.

Alors que je m'éloigne de mon immeuble, je crois apercevoir, à la terrasse du café d'en face, Martin se lever d'un bond. Je vérifie. Personne. Super, en plus, je suis en hypoglycé-midinette.

*

Le marché assourdissant fourmille de monde. Je progresse entre les étals en picorant dans la barquette de fraises que je viens d'acheter. Dans la cacophonie, j'entends : « Martin veut vous parler ! » Étonnée, je me retourne. Le traiteur répète :

— Gratin de chou lardé !

Ça y est, je deviens folle. Pour me calmer, je m'arrête devant un stand de bagues fantaisie. Mon compte en banque est marqué au fer rouge, mais je plaide la légitime dépense : je vais mal. Je passe à mon annulaire une grosse fleur en plastique. Mais non ! Je résiste à la tentation. Je suis forte, solide, incorruptible.

Et surtout la vendeuse n'accepte pas la carte Bleue.

Je repose la bague et continue mes courses. À nouveau, j'entends distinctement dans la bouche d'un Auvergnat rougeaud : « Martin a très envie de vous revoir ! » Je m'approche de lui.

— Excusez-moi, monsieur, qu'est-ce que vous venez de dire ?

— Bah… que c'matin, y a qu'des produits du terroir, pourquoi ?

Faut qu'on me brûle vive à Rouen.

L'Auvergnat m'adresse un sourire malicieux. Je jette un œil derrière ses saucissons pour voir si Martin n'y est pas planqué, jouant les Cyrano. Personne, évidemment… Je crois qu'il est grand temps de retrouver mon pyjama et mon Stilnox. Je dépasse le fromager, le vendeur du Larzac et ses sous-pulls urticants… J'ai vraiment l'impression d'être suivie. Je fais volte-face et balaie la foule des yeux : rien.

— *Six lettres.*
— *Pas mieux.*
— *Parano.*

Je presse le pas, les yeux rivés au sol. Le marchand de la dernière échoppe m'interpelle. Je relève le nez. Derrière une énorme platée de paella, dans un tablier maculé de sauce… Martin. Martin ? Martin !

— Un peu de paella, ma p'tite dame ? me demande-t-il avec son plus beau sourire.

Je le dévisage longuement et réponds :

— Oui, pourquoi pas ? Pour une personne, s'il vous plaît.

— Oh, donnez une chance au produit, prenez-en pour deux.

— Ah bon ? Pour deux ? Pas pour trois, vous êtes sûr ?

— Sûr et certain, je n'ai jamais été aussi sûr de toute ma vie.

— Alors… allons-y pour deux.

— Très bon choix ! En plus, vous avez de la chance : aujourd'hui, on offre la livraison.

*

Les bras chargés, on rentre chez moi en longeant le canal Saint-Martin. On parle de tout et de rien. À la terrasse du Café Prune, je repère Guillaume Canet avec qui je coucherais volontiers sur une des tables, là, maintenant, tout de suite. Malheureusement, il a plutôt l'air de focaliser sur la fille avec qui il brunche. Travelling sur la blondasse. Derrière de grosses lunettes noires, je reconnais la petite moue de... Renée Zellweger ? Je le fais remarquer à Martin. Bizarrement, il s'emballe.

— Excuse-moi une seconde, me demande-t-il en s'éloignant aussitôt pour passer un coup de fil.

C'est moi ou il est pire qu'une meuf ?

Je tends l'oreille et chope sa première phrase : « J'ai un tuyau pour toi, vieux... »

J'ai un tuyau pour toi, vieux ? !

J'ai l'impression de recevoir un électrochoc. Je repense à ma première rencontre avec Martin (« Merci du tuyau, vieux. Tu vas voir, c'est du lourd »), aux photos dans le club de sport, au paparazzi qui l'a alpagué à la sortie de l'avant-première. Les pièces du puzzle s'emboîtent. Je...

Martin revient et me débarrasse gentiment de mes courses. Abasourdie, je le laisse monologuer jusqu'à la porte de mon appart.

*

Toujours silencieuse, je mets de la musique. En rythme, Martin me passe les courses que je range dans le frigo. Il me tend les tomates, le fromage, un petit sachet... Je lui demande ce que c'est.

— Je ne sais pas, c'était dans ton Caddie.

Je retourne le paquet. Il est fermé par une étiquette « Big Bazar ».

Bazar, vous avez dit bazar...

Je l'ouvre et en sors la bague-fleur du marché. Je regarde Martin. Ses yeux rient. Je la passe à mon doigt, m'approche et lui susurre :

— Moi aussi, j'ai un cadeau pour toi.

Je prends mon élan et je lui décoche une mandale qui lui dévisse la tête. Effaré, il articule :

— Mais qu'est-ce qui t'arrive ? T'es folle ?

— Je suis quoi ? !

Il ne se risque pas à répéter son diagnostic. Vaut mieux parce que je suis à cinq doigts de lui en foutre une deuxième. Il est là, la main sur sa joue, le regard gluant d'incompréhension.

— Tu ne piges pas, là ?

— Bah… non.

Je fonce dans ma chambre et reviens avec le *Voici* que je lui balance à la gueule.

— Ça va mieux, là ? Tu resitues ? !

Son regard devient sombre.

— « Tu vas voir, c'est du lourd. » C'est bien ça que t'as dit à ton pote au téléphone ? C'était moi, le « lourd » ? ! Putain, Martin, mais AU SECOURS ! Les photos à la boxe, le paparazzi à la sortie du cocktail… Tu sais, le petit grelot que j'ai dans la tête, il sonne de temps en temps ! Tu m'as vraiment prise pour une conne. « J'ai arrêté la photo », « Je bosse avec mon père, mais ça n'a pas d'intérêt ». ÇA N'A PAS D'INTÉRÊT ? !

Je lui arrache le magazine des mains et lui colle la dernière page sous le nez.

— Tu le vois, le petit encadré, là ? Rédacteur en chef : Michel Galles ! Ça te dit quelque chose ? ! Michel Galles ? Mais si, cherche bien ! Je suis ton pèèèère, Luke ! Ça y est, ça te revient ? T'as cru que je n'allais jamais faire le lien ? Tu m'as donné toutes les pièces, mais tu pensais que je serais infoutue de faire le puzzle ?

— C'est marrant, tu dis « peu*zeul* ».

— Pardon ?

— Il y en a qui disent « peu*zle* » et d'autres qui disent « peu*zeul* ». Toi, tu dis « peu*zeul* ». C'est tout, je trouve ça marrant. C'est comme « yaourt » et « yogourt », il y a deux écoles.

— Tu te fous de ma gueule ?

— Pas du tout. Je sais que je t'ai perdue et ça me rend triste.

— Ah oui, mais non ! C'est trop facile, ça !

— J'ai voulu te le dire le soir où je suis remonté sonner chez toi, mais je n'ai pas eu…

— Les couilles !

— … le temps. Je n'ai pas eu le temps. Je ne t'ai pas menti, Charlotte : pour moi, j'ai arrêté la photo. Ce que je fais pour mon père, c'est tout sauf de la photo. Je déteste ce métier. Je déteste les gens de ce métier. Le mec avec qui je parlais au téléphone quand t'es entrée dans ma voiture, c'est un barbu gras du bide à qui je ne confierais pas mon sac pour aller pisser. Il m'avait filé le tuyau, je l'ai appelé pour le remercier. C'est dégueulasse, mais c'est comme ça. Après, je suis rentré chez moi et j'ai passé les photos sur mon ordinateur. À ce moment-là, elles étaient tellement nettes que j'aurais pu te compter les poils des mamelons.

— Mais je n'ai pas de poil sur les mamelons !

— Les photos étaient nettes et je les ai pixellisées parce que c'est ce que je fais toujours. Je déteste ce métier, je te dis.

— Ah ouais ? Alors pourquoi tu n'arrêtes pas ?

— Je suis incapable d'affronter mon père. Mon frère, en revanche, l'a fait. Il travaillait pour lui il y a dix ans comme journaliste. Il a tout plaqué pour monter son club de boxe. Il s'est barré parce que ce milieu le rendait dingue. Il était tellement cocaïné du matin au soir qu'on l'appelait le « Petit Prince du rail ». Il est parti faire une cure de désintox et il n'est pas revenu travailler au journal. Mon père ne s'en est jamais remis.

— Alors tu vas te sacrifier pour… Attends une seconde, ton propre père serait déçu si t'arrêtais de gagner ta vie en fouillant les poubelles ? Mais on nage en plein délire !

— Charlotte, c'est plus compliqué que ça.

— Ou pas.

— Ma mère est morte, j'avais dix-neuf ans. Il a continué à nous élever tout seul en fouillant les poubelles, comme tu dis, et il faudrait quoi ? Que je lui fasse comprendre maintenant que son métier me fait honte ?

— Oui.

Évidemment, mon premier réflexe eût été de répondre : « Non, bien sûr, je comprends », parce que je comprends, bien sûr (je ne suis pas une humanoïde avec un cœur en titane et des mamelons en tungstène… sans poil, les mamelons), mais, à tout expliquer, on finit par tout admettre et le côté fils à papa-razzi, non…

— Martin, je ne peux pas admettre que tu flingues ton talent pour ménager ton père.

— J'ai déjà réussi à quitter la femme qu'il m'avait choisie, c'est pas rien, ça. Faut dire que j'étais motivé.

— Par quoi ?

— Par toi.

Je sens comme une coulée de lave m'envahir. Pas la peine de tergiverser, je suis en train de battre en retraite.

— Laisse-moi un peu de temps, Charlotte. Je vais parler à mon père.

— Ah ouais ? Quand ?

Je m'accroche désespérément à ma colère, mais ça schlingue le baroud d'honneur.

— Je ne sais pas. Vite. Ça m'a fait réaliser tellement de choses de te voir effondrée après le film de Richard. Jusqu'ici, je crois que j'évitais de penser aux conséquences de mes photos volées...

— Violées, tu veux dire.

— Charlotte, je les ai envoyées avant de te connaître, avant de tomber amoureux.

— Bien sûr, c'est facile de... Qu'est-ce que tu viens de dire ?

Il s'approche de moi. Ça y est, j'ai déposé les armes.

— Excuse-moi. Je m'en veux tellement. Si tu savais comme j'ai regretté de ne pas t'en avoir parlé au club de boxe, mais on sortait de la projection, tu étais déjà bouleversée et moi aussi, et puis j'avais...

Je dépose un baiser sur ses lèvres. La surprise voile un instant son regard, puis il me colle contre lui et m'embrasse, m'embrasse, m'embrasse jusqu'à l'ivresse. Je retrouve ses mains, son odeur... Fougueusement, il enlève ma robe, me soulève et m'assoit sur la table de la cuisine. Je pousse un petit cri.

— Je crois que je suis assise sur la paella.

On rigole en continuant à s'embrasser. Il me prend dans ses bras, je le guide jusqu'à la chambre. Il me cogne la tête au passage, avant de m'allonger sur le lit.

Comme j'ai bien fait de mettre mon petit ensemble Aubade, ce matin.

Debout devant moi, il s'apprête à faire valser sa chemise, mais une bossa nova à la radio l'incite à faire durer le moment. Il m'improvise une petite choré en s'effeuillant. J'imite le loup de Tex Avery.

— Ouhhh… Ouhouhh…

Bon, je fais mieux les trois petits cochons.

Il enlève son caleçon, le roule en boule et marque un panier dans ma corbeille de bureau. Je suis une fille convenable, donc je ne ferai aucun commentaire sur son anatomie, mais je ne me donne pas deux heures pour tomber amoureuse. Il se glisse à côté de moi, dégrafe délicatement mon soutien-gorge et commence à m'embrasser goulûment les seins.

Donc, pour mémoire, mes seins, c'est cette partie de mon corps totalement imberbe.

*

Je sors de la salle de bains en peignoir. Martin, une serviette autour de la taille, inspecte ma bibliothèque. Il s'arrête sur mes coffrets Simpson.

— Toi aussi, t'es fan ? Je pourrais te prêter la dernière saison si tu veux, dit-il en imitant la voix d'Homer à la perfection.

OK, je l'épouse.

Son téléphone sonn…

SON TÉLÉPHONE SONNE ? !

Alerte à toutes les unités. Ça sent le retour de sa grosse. Mayday… Mayday… On passe en code rose, je répète, on passe en code rose ! Je m'approche de lui au moment où il décroche.

— Ouais, papa.

Parano ? Moi ? Non… vigilante.

— Venir au bureau demain matin très tôt ?

Je fais une petite moue.

— Très tôt ? Ça va être chaud…

Je l'encourage d'un sourire. À tâtons, il enchaîne :

— En fait, j'envisageais éventuellement de partir à Rome demain… Oui, oui, à Rome. Bah… pour… en fait, j'ai un tuyau pour traquer la starlette. C'est l'inauguration d'un nouveau palace… Voilà, exactement. Je ne sais pas, il faudrait que j'y reste… deux jours ?

Il m'interroge du regard. D'un geste de la main, je fais monter les enchères.

— Non, en fait, plutôt quatre.

Je surenchéris. Il écarquille les yeux, sourit et reprend, très sérieux :

— Attends, papa, parce que là, tout à coup, je calcule : l'avion, tac tac, l'hôtel, la planque… Quatre jours, ça va peut-être faire juste. Non, je préfère ne pas t'en parler… Je peux juste te dire que c'est un gros dossier juteux.

Je lui donne un petit coup dans l'épaule en chuchotant :

— Gros dossier, je t'emmerde… et puis juteux, c'est d'une finesse. En fait, t'es qu'un gros beauf, Martin Gall.

— Si, si, papa, je t'écoute. C'est juste que la serveuse du resto où je suis me fait un rentre-dedans éhonté… Ouais, je sais, je tiens ça de toi.

Il lève les yeux au ciel.

— Voilà : irrésistible…

Je murmure :

— Modeste surtout.

— Papa, on chipote là ! Disons… Quoi, Marion ? Bah, Marion, je m'en tamponne le Cotillard, elle attendra, qu'est-ce que tu veux que je te dise ? Oui, ça vaut le coup, papa, fais-moi confiance.

Entendu... Je t'appelle dès que je rentre, promis. Je t'embrasse.

Il raccroche. Je lui saute au cou et le couvre de baisers.

— Qu'est-ce que vous faites les six prochains jours, mademoiselle ?

— Je crois que je vais être très malade et rester au lit.

*

Allongé sous la couette, tard dans la nuit, il me demande en imitant Brigitte Bardot :

— Tu les aimes, mes fesses ?

— Non.

Et je les embrasse.

— Et mes mollets, tu les aimes ?

— Quelle horreur !

Et je les mords.

— Et mon dos, tu l'aimes ?

— Ne m'en parle pas, j'ai des haut-le-cœur !

Et je le griffe.

— Et mes...

— Oh, ferme ta gueule, Brigitte, et fais-moi l'amour comme une bête !

*

Ça fait deux jours qu'on n'a pas touché terre, ni macadam d'ailleurs. On est restés dans l'appartement à faire l'amour *ad libido*. On a expérimenté des positions dignes du Twister et discuté pendant des heures...

I have a dream et il est en train de se réaliser.

Essoufflée, je retombe la tête sur l'oreiller et lui implore une pause. Il fait mine de se vexer.

— Tu veux déjà qu'on fasse un break ? Très bien, dit-il en enfilant son caleçon assis sur le bord du lit. Je vais prendre le dernier métro.

J'enroule mes jambes autour de sa taille et le fais basculer sur le côté.

— *Le Dernier Métro*, très bonne idée !

Il me regarde avec des yeux ronds comme des DVD. J'hallucine :

— T'as jamais vu ce film de Truffaut ?

— Ah… Bah non, jamais.

— C'est pas vrai ! Mais tu sais que c'est un signe, ça !

— Ah bon ?

— C'est un de mes films préférés !

— Bah, ce serait un signe si je l'avais vu dix fois.

— Cherche pas, t'es un mec. Vous ne comprenez rien aux signes.

On se love sous la couette et j'envoie le film. Quand il se lève pour aller chercher des glaces, je lui crie :

— Dépêche-toi, tu vas manquer mon passage préféré !

Il revient en courant, le lombric à l'air. En le dévorant des yeux, je lui murmure les répliques en même temps que les comédiens :

— *Tu es belle, Helena, et te regarder est une souffrance.*

— *Vous m'aviez dit hier que c'était une joie.*

— *C'est une joie et une souffrance.*

Il se jette sur la télécommande, arrête le film et se met à bouger les lèvres en me dévorant tout court.

*

On n'arrête pas de s'habiller, de se déshabiller. Le soleil se lève. Le soleil se couche. Il est 9 h 16, 15 heures, 21 h 22, 10 h 10… On se mate des Simpson. Je lui lis un passage hilarant du *Chameau sauvage* de Philippe Jaenada. On commande des pizzas, des sushis, du libanais, de l'indien et aujourd'hui, il s'est lancé le défi de préparer un déjeuner avec ce qu'il trouvait dans les placards et le frigo (masque relaxant pour les yeux et son sachet de riz… je ne vois que ça). Je sors le saint-julien que mes parents m'ont offert à Noël. Je le débouche pendant qu'il s'active en slip dans la cuisine. Je commente le vin en insistant sur sa cuisse, sa longueur en bouche, oh oui, sa longueur en bouche, son odeur de d'sous d'bras, pardon de sous-bois… Mon numéro de nymphomane gastron'homme le laisse froid.

C'est fou comme un mec ne peut pas faire deux choses en même temps.

Défi relevé (voire épicé) : un quart d'heure plus tard, il pose devant moi un riz hispano-cantonais à se taper la tête contre le Guide Michelin.

C'est là que le monde extérieur passe à l'offensive. Peut-être qu'on avait tenté de nous joindre avant, mais avec nos deux portables coupés c'était passé très inaperçu. Cette fois-ci, c'est le fixe. Je ne décroche pas (et puis quoi, encore ?). Je laisse à mon répondeur le soin d'accueillir la bande à Malère réunie au Annie Hall.

« Salut, Charlotte, c'est Paul… et Maya… Oui, et Laure aussi. Les filles, vous permettez deux secondes ? Merci. On est au Annie, là. Ton portable est sur messagerie, tu ne réponds pas chez toi… Comme c'est pas trop ton genre de louper un déjeuner, passe-nous un petit coup de fil qu'on s'inquiète pas. OK ? Allez, on… »

« Charlotte, c'est ta sœur. Je t'ai laissé deux messages, mais bon, visiblement, t'es partie dans les mers du Sud. Comme je te disais, j'ai remué père et mère : tout est prêt pour la soirée de tes trente ans. J'ai trouvé une salle dans le XVIIIe, 7, rue Pierre-Picard. Elle est libre le 2 juillet et ils fournissent la sono et le DJ. Pour le buffet, c'est bon, je m'en occupe et… quoi d'autre ? Ah oui, tout le monde est attendu avec une bouteille de champagne. Je l'ai précisé dans le mail. Vérifie que je n'aie oublié personne, si un jour tu te reconnectes à Internet. Je sais : tu m'aimes. C'est normal, je suis formidable. Je te repasse Paul. »

« Bah, non, rien. Juste, on t'embrasse et… »

« Charlotte, c'est Laure ! T'as loupé le déjeuner de l'année, ma poule ! »

J'entends Maya gueuler derrière.

« Maya sort avec Ed Harris ! C'est officiel ! Va sur son Facebook, tu vas voir : elle a écrit *"I'm in a relationship with François !"* En revanche, ce qu'elle n'a pas écrit… c'est qu'il a une saucisse cocktail !! Au pieu, c'est menu dégustation, si tu vois ce que je veux dire. »

Maya vocifère en fond sonore et puis plus rien. Mon répondeur vient de saturer et, du coup, censurer la suite. Juste au moment où ça devenait croustillant…

— Va les retrouver si tu veux, me propose Martin. Je peux rester là à bouquiner en t'attendant.

Je le regarde et on explose de rire. J'attaque son plat et lui glisse :

— Tu veux venir à mon anniversaire ?

— Je ne sais pas… C'est une invitation ?

— Oui.

— Tu veux dire que, officiellement, *« I'm in a relationship with Charlotte Malère »* ?

— On dirait bien.

*

Petit matin baigné de lumière. J'ouvre un œil à l'orée du cinquième jour et m'étire en bâillant. Martin dort encore. Le drap découvre son dos et une partie de ses fesses. Je ne me lasse pas de le regarder. Il bouge et, dans un demi-sommeil, il me caresse les seins.

Bon esprit.

Ce mec me ressemble et pourtant me complète. J'ai quinze ans, j'ai des papillons jusque dans le côlon, je suis amoureuse. J'aimerais bien me coller contre lui et me rendormir, mais j'ai une dalle de tueuse. La faim justifiant les moyens, je vais sortir chercher les croissants… Ébouriffé, Martin se hisse sur son coude, m'embrasse la joue (enfin, la joue, c'était l'objectif, en fait il m'embrasse la narine droite) et marmonne :

— Je t'aime.

Il s'affale et se rendort.

Blocage nerveux. Je me lève, prête à imploser. J'enfile une culotte, une robe et des sandales. J'attrape mon sac, quitte l'appartement et dévale les étages en apnée. Arrivée en bas, j'ouvre la porte cochère et hurle de joie dans la rue saturée de soleil ! Un gospel explose alors dans ma tête et se propage dans tout mon corps ! J'ai l'impression que les affiches s'animent sur les murs, que les klaxons battent la mesure et que tout le monde danse, même les pervenches qui mettent des contredanses ! Je suis dans une comédie musicale ! Je virevolte dans les rues de Paris, légère, aérienne, je flotte dans mon slip ! Je me suspends à la moustache de mon boucher pendant que sa femme nous fait trois pas chassés ! Le bonheur déborde de partout, des poubelles, des caniveaux, des immeubles, des magasins… Mon boulanger me jette une baguette. Ni une ni deux, je fais la majorette ! Tout le quartier s'amasse derrière moi. On défile le long du canal Saint-Martin ! SAINT-MARTIN ! C'EST UN SIGNE ! Je redouble d'entrain ! Je fais tournoyer ma baguette pas trop cuite très haut dans le ciel ! Et là, *oh thank you Lord* : je vois arriver vers nous un banc de Black Sisters en robes violettes. Elles ont les bras dressés vers le ciel, les paumes ouvertes et les seins agités par des vibrations divines. En transe, on attaque le refrain :

IL ME L'A DIT, ALLÉLUIA !

IL ME L'A DIT DIT DIT, ALLÉLUIA !

IL ME L'A DIT, OH OUI, IL ME L'A DIT, ALLÉÉÉLUIA !

ALLEZ, TOUS AVEC MOI ! IL ME L'A DIT HOUOU ALLÉLUUUUUIA ! IL ME L'A DIT…

Si, ça s'est passé comme ça ! Quoi ? Bon, d'accord, la boucherie était fermée.

La porte cochère de mon immeuble se referme. En remontant, extatique, avec les croissants, je fais des plans sur la comète : la grosse robe en meringue, les p'tits nez à moucher et le labrador qui schlingue. Un « je t'aime » et je nous vois déjà vieux et gros dans les albums photo. J'avale les marches deux par deux. Essoufflée, j'arrive à mon étage et... me fige. En une fraction de seconde, je tombe du septième ciel : Richard est sur le point de sonner à ma porte, deux grosses valises posées à ses pieds.

— Qu'est-ce que tu fous là ?

Il s'avance vers moi. Je fais un pas en arrière.

— J'ai quitté ma femme, Charlotte.

Je n'ai aucune réaction. Avec des yeux de cocker, il se lance dans la grande scène du II.

— Je ne peux pas vivre sans toi. Tu es mon énergie, ma joie de vivre... Mon film m'a fait prendre conscience du mal que je t'ai fait – pardon, que je *nous* ai fait pendant trois ans. J'ai été d'une lâcheté et d'un égoïsme impardonnables.

— Impardonnable, c'est le mot.

— Oui, mais j'ai beaucoup changé. Tu ne peux pas savoir...

— Et je ne VEUX pas savoir. Prends tes valises et BARRE-TOI !

— Charlotte, tu as encore tellement à me donner, je t'en prie. Tu ne peux pas tout effacer comme ça. Tu m'aimes encore, je le sais, alors écoute-moi : je ne peux plus rien faire sans toi. Je suis vide et sec. *Sans dimanche* est un carton et je m'en fous. Je m'en fous parce que tu n'es pas là pour le partager avec moi. Si tu savais comme tu me manques. Plus rien n'a de goût.

Il a répété son texte, ça se sent. Il est debout devant moi, beau à crever dans son pull camionneur, et il me débite un texte rabâché sur le chemin. C'est lamentable peut-être, mais ça me touche qu'il ait fait ses valises en pensant à moi, qu'il soit monté dans un taxi et qu'il ait donné mon adresse.

— Souviens-toi de tout ce qu'on a vécu, Charlotte. Tu as souffert, je sais, mais raison de plus : tu ne peux pas avoir patienté pour rien. Regarde-moi : j'ai quitté Irène ! Trois ans que tu attends ce jour et maintenant que ça y est, tu vas me rejeter ? Non, c'est impossible. Je suis venu avec mes valises pour qu'on vive ensemble, tu comprends ? Finis, les rendez-vous secrets, les après-midi volés, les soirées où je te présentais comme mon assistante... Tout est différent maintenant. Rappelle-toi le week-end qu'on a passé à Londres, on était tellement heureux.

— C'est qui « on » ?

— Je t'en prie, Charlotte, ne me repousse pas. J'ai tellement besoin de toi.

Il pleure ? Nan, c'est impossible. Il doit avoir un début de conjonctivite. Richard est incapable de pleurer pour une femme.

— Si tu savais comme je m'en veux de t'avoir fait du mal. Excuse-moi, je me sens minable, mais je suis perdu sans toi.

Ah si, il pleure... Incroyable.

Je dis d'une voix qui se veut dure :

— C'est trop tard.

Il fond en larmes. Je ne serais pas si émue, j'en tomberais à la renverse.

— Tu ne peux pas dire ça, Charlotte, je t'aime.

Là, je vacille. Il continue à me parler, mais je ne comprends plus rien. Il hoquette, couine, renifle. Tout son corps est secoué par un chagrin d'enfant. Je craque et le prends dans mes bras. Il enfouit sa tête dans mon cou et me serre. De la main qui ne tient pas les croissants, je lui caresse les cheveux pour qu'il se calme. En trois ans, pas un « je t'aime » et là, il me sort ça comme une évidence.

Je sais bien qu'il faudrait que je le vire à coups de talon, mais je ne peux pas. Il a raison : ça fait trop longtemps que j'attends ce moment.

— Va m'attendre au café en bas.

— Quoi ? renifle-t-il.

— Va m'attendre au café en bas. Je te rejoins dans dix minutes.

Sans chercher à comprendre, il m'embrasse maladroitement et redescend. Je regarde ses valises.

Il me l'a dit... alléluia.

À l'idée de rentrer dans mon appartement et d'affronter Martin, mes jambes se dérobent. Je me retiens au mur pour ne pas m'effondrer.

J'entends un couple monter avec enfants et poussette. Il faut que je me ressaisisse. J'ouvre la porte, pose les valises dans l'entrée et titube jusqu'à la chambre. Martin est en train de s'habiller. Ma main se serre sur le sachet de croissants. D'une voix tremblante, je lui demande :

— Qu'est-ce que tu fais ?

Sans me regarder, il lâche :

— Si j'ai bien compris, j'ai dix minutes pour déguerpir, c'est ça ?

J'ouvre la bouche, mais aucun son ne sort. Il se lève et me pousse pour prendre son portable sur le bureau. Je suis paralysée. Il enfile sa veste et jette un dernier coup d'œil à la pièce pour s'assurer qu'il n'a rien oublié. J'ai envie de le retenir, mais, même quand il se plante devant moi, je suis incapable de faire un geste. Il me dévisage, plonge la main dans le sachet de croissants, en prend un et sort de l'appartement sans même claquer la porte.

Je glisse le long du mur, m'accroupis et essaie tant bien que mal de reprendre le contrôle de la situation. Est-ce que je ne viendrais pas de franchir le Rubi-conne ? Richard se pointe la bite en fleur... et je n'ai même pas hésité ? Après la façon dont il m'a traitée pendant trois ans, après son film immonde, après son attitude chiatique l'autre jour chez lui... Qu'est-ce qu'il m'a fait ? Je suis complètement paumée. Est-ce que...

Soudain, je redresse la tête, le regard fixe.

Je bondis, me rue dans la cuisine et me jette sur mon portable qui manque de me glisser des mains. Je tremble tellement que j'ai du mal à composer le numéro. Ça sonne. Je prie pour qu'il décroche :

Sainte Rita, si t'as deux minutes, pense à moi, fais pas ta pute... Sainte Rita, si t'as deux minutes, pense...

— GIIIILLES ! C'est Charlotte, Charlotte Malère. Oui, c'est ça : Chacha. Je t'appelle parce que... enfin, j'ai réfléchi à un truc pour l'article sur Richard Bouvier. En fait, j'ai réfléchi à plusieurs trucs. J'aimerais vraiment changer des... Il est parti à l'imprimerie ? Ah !... et la photo aussi, bien sûr. Bien sûr... Non, non, rien, c'était juste un détail... D'accord, d'accord, je ne te dérange pas plus longtemps. Non, ne t'inquiète pas. Je t'embrasse.

Je raccroche, coule sur une chaise de la cuisine et pose mon front sur le Formica de la table. Je suis dans une merde noire. Dans quelques jours, le cul de Richard fera la une de *Cinérama*... mais ça encore, bien amené, ça pourrait le faire rire.

Très bien amené, alors.

Non, ce qui m'inquiète le plus, c'est l'interview. Je me suis lâchée, mais alors, sévère. Aux conneries de Martin, j'ai ajouté les miennes. Ce n'est pas un article que j'ai signé, c'est mon arrêt de mort.

Je suis moulée à la louche dans ma robe à paillettes. Le dancefloor est *show* bouillant. Le poing sur la hanche et l'index vers le ciel, je me déhanche comme une possédée. Autour de moi, une centaine de personnes se trémoussent, se frottent et transpirent. Ça sent déjà la soupe à l'oignon. Ma sœur a bien fait les choses : le buffet est indécent. On y trouve de tout (sauf des saucisses cocktail, par amitié pour Maya).

Le champagne pétille et le DJ envoie la bûchette. Bon, il parle dans son micro, ce qui est d'une beaufitude sans nom, mais je m'en fous. Ce soir, j'ai trente ans… Et un et deux et trois, zéro ! *Don't Stop 'Til You Get Enough* de Michael Jackson explose dans les baffles.

*

Je sors fumer une clope dans la rue avec Delphine. Sur fond d'ultra-basses, je termine de lui raconter toute l'histoire avec Martin, puis j'enchaîne sur Richard. Jusqu'ici j'étais restée très discrète sur les derniers rebondissements de ma vie.

Par pudeur, par honte, cochez la case.

Mais ce soir, je peux y aller : c'est mon anniversaire, je suis intouchable. Quand j'en arrive au retour de Richard et à la décision que j'ai prise, je vois bien qu'elle prend sur elle pour ne pas me faire une injection létale.

— Bien, je vois. Et aujourd'hui, comment se portent les deux tourteaux ? Vous roucoulez sec ?

Je réprime un sourire.

Tout de même, deux crabes roucoulant sur une branche, ça doit être quelque chose.

— Oui, oui. Il vit chez moi... chez nous, enfin on vit ensemble, quoi.

— Et ?

— Bah, c'est vraiment sympa.

— Sympa ? Que quelqu'un te tienne la porte dans le métro, c'est sympa. Qu'on t'appelle pour ta fête, c'est sympa...

— Oui, enfin, tu vois ce que je veux dire.

— Pas bien, non.

— Arrête, Delphine...

— Je trouve que tu as l'air triste.

— Mais non... Il ronfle comme un porc et c'est plus l'excitation des premiers temps, mais voilà, c'est tout. Je ne suis pas triste. Il a changé, je t'assure. La preuve : il est là ce soir.

— Oh ! il est venu à la soirée de tes trente ans. Belle preuve d'amour.

Nadège, la fille de la compta, arrive avec un bouquet de roses. Elle me le tend accompagné du traditionnel :

— Joyeux anniversaire !

— Merci... T'es venue seule, finalement ?

— Elle m'a dit qu'elle me rejoindrait plus tard.

— Recevoir des fleurs, c'est sympa, commente Delphine en écrasant sa clope.

Je lui écraserais bien la mienne à côté de la bouche pour lui faire une mouche. C'est mon anniversaire, putain, je suis censée être intouchable (on m'a carrément survendu le truc, en fait). Nadège me demande où sont les vestiaires. Je tire une dernière latte et on rentre toutes les trois, en saluant le videur.

*

La soirée bat son plein. C'est blindé de monde. J'embrasse des visages que je n'ai pas vus depuis des années. Toute la bande est là aussi : Vincent, François, Paul et les autres. Maya est radieuse. Elle porte une petite robe de couturier toute simple qui a dû lui coûter le PIB du Mozambique. Son François-micro-pénis lui apporte un verre alors qu'Aretha Franklin intime son *Respect* à la piste de danse. Laure et moi, on fait la chenille à l'intention de Maya en mimant discrètement « *just a little bit... e* » entre le pouce et l'index.

Contre toute attente, elle manque d'humour sur le sujet.

Du coin de l'œil, je vois Richard siroter un whisky assis sur un tabouret du bar. Je le rejoins, l'embrasse dans le cou et gueule par-dessus la musique :

— Ça va, tu ne t'ennuies pas trop ?

— Non, pas trop, puis le principal, c'est que tu t'amuses avec tes amis.

Sourire formaté : bo-ring !

Il ne fait aucun effort. Je l'aime, mais il faut voir les choses en face : au quotidien, Richard est un bonnet de nuit. Il se prend pour le grand vizir et il attend de moi que je sois sa vizirette qui lave son linge, repasse ses chemises et fasse joli dans ses dîners.

— Tu ne sais pas s'il y a une autre bouteille de whisky quelque part ? me hurle-t-il à l'oreille. Parce que le J & B, j'ai un peu passé l'âge.

C'est ça, papy, va te faire dialyser la prostate.

Je lui dis que je vais vérifier et m'esquive. Je n'aurais jamais dû insister pour qu'il vienne. Je papillonne d'un groupe à l'autre sans profiter de ma soirée. Je n'ai plus trop envie de danser, alors qu'en temps normal je fais la Claudette toute la nuit. Avec la condensation, ma robe me gratte. J'évite de picoler trop de champagne parce que, c'est bien connu, boire ou *bien se* conduire, il faut choisir... et puis, à inviter les fonds de tiroir pour faire du monde, on se coltine des boulets. Là, par exemple, j'ai un Jean-Michel accroché au lobe droit depuis dix minutes. C'est pénible, surtout qu'il gueule comme un putois (haleine comprise) :

— Excuse-moi, Jean-Michel...

— Jean-Mi pour les intimes.

— Oui, bah, Jean-Michel, excuse-moi, mais il faut que j'y aille.

Je me retourne et m'écrase sur une chemise vert pomme.

— Salut, Chacha !

Qui s'est déguisé en Gilles pour me faire une blague ?

— Heureusement que Nadège est là, dis donc, j'en étais resté à ton mail d'annulation, moi.

Oh, putain, c'est lui ! Déclencher le plan Orsec !

S'il discute avec Richard, il va lui parler de l'interview qui sort dans trois jours, c'est clair ! Je lui saute au cou.

— Pardon, j'ai oublié de te renvoyer un mail ! Quelle conne, je te jure ! Oh, je me foutrais des baffes ! Tu vas bien ?

— Très bien, minaude-t-il en jetant un regard circulaire. Ça pullule d'Adonis ici. Je sens que je vais trouver l'homme de mon vit. Je peux poser ma veste quelque part ?

Je lui indique les vestiaires, m'assure qu'il a bien compris (qu'il ne se dirige pas, par exemple... vers le bar) et j'essaie de localiser Paul, tel un missile à tête chercheuse. J'entraperçois Nadège assise dans un coin. Je lui casserais bien les dents de devant, mais mon temps est compté. En plus, ça me fait de la peine de la voir là, l'œil ventousé à la porte d'entrée en attendant goudou.

— Delphine ! T'as pas vu Paul ?

— Ah, Charlotte, ma bretelle de soutif tombe tout le temps. Si tu pouvais me la resserrer, tu me tirerais une fière chandelle du pied.

— Tout de suite, mais d'abord il faut que je parle à Paul. Tu ne l'as pas vu ?

— Si, il est là-bas, je crois.

Je le repère au bord de la piste.

— Paul !! Je te cherchais partout ! Ça va ? T'es bien ? Tu passes une bonne soirée ? T'es beau, dis-moi. Il te va très bien, ce tee-shirt.

En fait de tee-shirt, c'est un sous-pull blanc, manches longues, col rond, trois boutons... bref, le haut de pyjama de Charles Ingalls. Autant dire qu'il renifle tout de suite le traquenard.

— Qu'est-ce que tu veux ?

— J'ai besoin que tu me rendes un énooorme service ! J'ai écrit un article sulfureux sur Richard sans son accord. OK ? Le journal sort la semaine prochaine et mon boss vient d'arriver. Il ne faut en AUCUN CAS que Gilles et Richard se parlent. Alors, s'il te plaît, occupe-toi de Gilles, ne le lâche pas d'une semelle, fais barrage de ton corps s'il le faut.

Paul blêmit.

— Mais non... Mais... Comment ?

— Comment quoi ? Tu lui parles, tu le distrais. Il te connaît, il t'a vu au journal.

— Tu lui as bien dit que je n'étais pas homo... au moins ?

— Pas précisément dans ces termes et, d'ailleurs, si tu pouvais ne pas trop en faire état ce soir, ce serait vraiment classe de ta part. À vrai dire, c'est un peu pour ça que je te le demande à toi. T'as des arguments que n'ont pas Maya, Laure ou même Delphine.

— Des arguments ? Mais je n'ai pas d'arguments...

— T'es avocat, tu vas trouver.

D'une voix blanche, il lâche :

— Je suis commis d'orifice, quoi.

— Je te revaudrai ça, Polo. Allez, je t'en prie, c'est le plus beau cadeau que tu puisses me faire pour mes trente ans.

Je sais, c'est dégueulasse.

Je le tire par la main et cueille Gilles en grande conversation avec un petit brun devant les vestiaires.

— Gilles, je te présente mon meilleur ami : Paul. Paul, mon patron : Gilles. Je suis sûre que vous allez vous entendre à merveille.

Et je les plante là pour rejoindre ma base, à savoir le bar, à côté de Richard. Je ne vais pas le lâcher jusqu'à la fin de la soirée. En théorie, mon plan est infaillible. En pratique, ça sent le maroilles. Je ne suis pas assise depuis cinq minutes que Laure me fait signe de venir la rejoindre au buffet. Faisant celle qui ne comprend pas, j'agite la main pour lui rendre son bonjour et vite, je tourne la tête vers la piste de danse. Premier danger écarté d'une pichenette. J'assure.

— Ne reste pas là, va t'amuser, me hurle Richard pour la troisième fois.

— Mais je m'amuse, là ! On n'est pas toujours obligé d'être au taquet ! En plus, avec mes Louboutin, j'arrive plus à marcher.

— D'accord, me dit-il en se levant.

— Tu vas où ?

— Aux toilettes.

— Ah !... Un bisou.

Il m'embrasse et avance droit sur Gilles. Je le rappelle de justesse :

— Richard !

— Oui ?

— Les toilettes, c'est là-bas !

— Ah ! merci.

Je ne suis pas sûre d'avoir l'énergie suffisante pour tenir toute la soirée. Gilles discute toujours avec le petit brun. Encore plus rougeaud qu'à l'ordinaire, Paul est fiché entre eux comme un plant de tomates.

— Bah alors, Charlotte ! Tu ne vois pas que je t'appelle depuis une heure ? m'engueule Laure en me tendant une coupe.

— Ah, non ? Où ça ?

À force de mentir, je vais avoir le nez de Barbra Streisand.

— Jolie bague, enchaîne-t-elle en beuglant pour passer au-dessus de Gilbert Montagné.

En me donnant ma coupe, son regard a dû accrocher ma grosse bague-fleur que je porte toujours au doigt parce que je la trouve très belle, qu'elle va bien avec ma robe et que je n'ai pas à me justifier.

— Tu aimes ?

— J'adore, minaude-t-elle.

Elle gesticule. Ses mains essaient d'avoir la parole. Je ne comprends rien jusqu'au moment où je vois, à son annulaire, un diamant, mais un diamant... C'est de la folie, elle va se fracturer le métacarpe à soulever un truc pareil. J'examine le caillou de plus près. Laure piaffe d'impatience. Je relève le menton :

— Ça y est, il s'est décidé ?

— OUI !!

Elle me hurle ça comme si elle était déjà devant le maire et se met à sauter d'un pied sur l'autre. J'essaie de la prendre dans mes bras (ce qui n'est pas une mince affaire). Richard revient à cet instant et nous demande ce qui se passe.

— Son mec l'a demandée en mariage !

— Toutes mes condoléances, ironise Richard en ouvrant une bouteille de champagne.

Flairant le scoop, toute la bande rapplique. Maya, qui a déjà deux grammes dans chaque œil, bondit sur Laure.

— Molotov !! leur crie Delphine en levant son cocktail.

Leurs hommes donnent une tape virile sur l'épaule du futur marié. Toute la bande, en somme... sauf

106

Paul que je maintiens à distance par un petit regard appuyé. C'est horrible, j'ai l'impression de le priver de Canal + un premier samedi du mois. Il discute maintenant seul avec Gilles. Enfin, Paul discute et Gilles jette des regards tous azimuts au-dessus de son épaule pour dénicher une nouvelle *target*.

— T'as entendu, Charlotte ? s'égosille Maya.

— Non, pardon, mais avec cette musique…

— Ils se marient dans un mois.

— Un mois ? Ah, oui, c'est fulgurant !

— Pourquoi attendre ? tranche Laure en faisant des signes à Paul.

Je m'interpose :

— Qu'est-ce que tu fais, Laure ?

— J'appelle Paul pour qu'il vienne boire une coupe avec nous.

— NON !! Ne fais surtout pas ça.

Tout le groupe se retourne vers moi. Richard me questionne du regard.

— Pourquoi ? demande Laure sur ses gardes.

— Parce que… bah, tu le connais, éternel célibataire, tout ça, sa calvitie, le mariage, quand même, tu comprends ?

Si tu comprends, chapeau.

— Non, je ne comprends pas. Je l'ai soûlé avec mon envie de mariage, c'est ça ?

— Oui, c'est ça.

— Je vais le prendre comme témoin, tu vas voir, ça va passer tout seul. Paul !

— Non ! Laure, arrête… En fait… Ce que je ne t'ai pas dit… parce que… c'est pas facile à dire, mais… Bon, en fait…

Je lui fais signe d'approcher et lui chuchote à l'oreille :

— Il n'aime pas trop ton mec.

Je suis infréquentable.

— QUOI ??? De toute façon, je l'avais senti. Depuis quelque temps, il est infect avec moi.

— Oh, infect... Je t'en prie, Laure, c'est mon anniversaire. Ne fais pas de vagues ce soir.

— Et lui, il ne nous soûle pas avec son ex, peut-être ? Et toi, tu ne nous as pas soûlés avec Richard. Super Richard par-ci, Richard Connard par-là. Excuse-moi, Richard.

— Y a pas de mal.

— Et toi, Maya ! Si tu savais comme tu me soooooûles avec ton portable qui sonne tout le temps. Achetez, vendez, rasez-vous bien les couilles pour le strip-tease de samedi ! Vous me SOÛLEZ tous à un moment ou à un autre, mais on est amis, non ? Si on ne peut pas soûler ses amis, on soûle qui ?

— Son psy. Allez, Laure, viens m'aider pour le gâteau, tranche Delphine en l'entraînant.

— Mon portable ne sonne pas tout le temps, baragouine Maya (qui n'est pas loin d'avoir perdu toutes ses consonnes). François ?

— Oui, mon amour.

— Tu trouves que mon portable sonne tout le temps ?

— Oui, mon amour.

— Et ça te soûle ?

— On ne va peut-être pas en parler ici...

— Oh, merde... ça te soûle.

En vacillant, elle sort son portable (d'où ? mystère ! Elle devait l'avoir coincé dans son Dim Up) et le laisse tomber dans un seau à champagne.

— Voilà : pouf, fini, plus de dring. Je t'aime.

108

Que celle qui n'a jamais été bourrée lui jette la première bière.

*

Quand le gâteau illuminé arrive, je souffre toujours d'un strabisme divergent : un œil sur Richard qui s'emmerde, l'autre sur Paul et sa pantomime gay-friendly. Je le vois siffler tous les fonds de verre pour se donner du courage. Bien malgré lui, il est passé aux attouchements : il vient de glisser maladroitement une main dans le dos de mon boss.

C'est une boucherie. J'ai honte.

Abba s'efface devant Stevie Wonder. Les invités se mettent à chanter en prenant bien appui sur le « Ha » de *Happy Birthday*. Laure apporte le gâteau au milieu de la salle. Elle sourit, mais je vois bien que son regard balade un petit point rouge sur le front de Paul. Elle va en faire du mou de veau. Espérons juste qu'elle attendra demain. Tout le monde forme un cercle autour de nous. Je m'approche pour souffler les trente bougies, mais Laure, fixant toujours Paul, commence à faire pencher le gâteau dangereusement. Je le lui fais remarquer. Elle le redresse d'un coup et manque de m'entarter. Un vent de panique souffle alors dans l'assistance. Ça va, c'est bon. Je n'ai rien. On l'a échappé b…

Pourquoi ça sent le cochon rôti ?

Merde ! Ma mèche de devant s'est enflammée sur les bougies ! J'ai une crête de feu sur le crâne ! Je tourne sur moi-même en me tapant sur la tête. Richard pousse tout le monde et me balance le contenu d'un seau à champagne. Je me prends les glaçons et le portable de Maya en pleine figure, ce qui me fend la lèvre (mais pas la gueule, croyez-moi).

Happy Birthday to me...

Les convives me regardent sous le choc pendant que Stevie Wonder continue à chanter.

Le gâteau est ruiné, mais au moins les bougies sont éteintes. Je n'ai donc plus rien à faire ici. Je replace mon absence de mèche très dignement derrière l'oreille, m'excuse et traverse la foule en direction de ma trousse à maquillage pour ravaler ma façade et ma fierté.

*

Laure me recolle mon faux cil dans la lumière blafarde des vestiaires, en essayant de ne pas m'éborgner avec son diamant.

— Ça va, Cha' ?

— Ça va.

J'ai l'arcade sourcilière à la Rocky, la bouche d'Emmanuelle Béart et les cheveux de devant coupés en brosse. En un mot : Mickey Rourke. Sans compter que j'ai laissé mon destin entre les mains de Paul le Manchot, mais à part ça, ça va. J'ai trente ans, youpi, je suis la reine de la fête.

Richard entre et s'appuie sur le mur à côté des manteaux. Laure nous laisse.

— Ça va ? me demande-t-il.

— Oui, oui, ça va. Heureusement que tu étais là, hein ?

— Ça ne t'ennuie pas si j'y vais ? Je dois travailler tôt demain. On se retrouve chez toi ?

— Tu ne veux pas qu'on se retrouve chez *nous*, plutôt ?

Il met quelques secondes à comprendre la nuance, me sourit et me caresse la joue.

— Tu étais très belle ce soir.

Il m'embrasse. Aucun lien de cause à effet, mais dans la salle la musique s'arrête. Intrigué, Richard passe la tête pour voir ce qui se passe et fronce les sourcils.

Laisse-moi deviner : Laure a les mains serrées autour du cou de Paul, qui lui-même a son unique cheveu coincé dans la braguette de Gilles, c'est ça ?

— C'est bizarre, commente Richard, le DJ vient de passer le micro à un couple.

Un couple, quel couple ? Je le pousse pour aller voir. Un couple se tient en effet sur l'estrade. Un homme et une femme que je ne connais pas se font des politesses avec le micro. Je ne sais pas pourquoi, mais je le sens mal. Tous les convives les regardent. La femme lance :

— Joyeux anniversaire, Charlotte, je crois que c'est ça qu'on dit dans ces cas-là.

À la surprise générale, elle a la voix de Marge Simpson.

— Eh bien, si c'est ça qu'on dit, dites-le avec moi !

Avec un enthousiasme enfantin, tout le monde répète : « Joyeux anniversaire, Charlotte ! » L'homme prend alors le micro et crie :

— Toh ! Y a de l'ambiance, ici !

Homer et Marge, enfin, leurs voix françaises sont à mon anniversaire et improvisent un sketch hilarant sur le buffet sans donuts et la musique de jeunes ! J'en oublie Gilles, l'article, Laure… Je pleure de rire. À la fin, ils nous incitent à applaudir bien fort l'amoureux de Charlotte qui leur a si gentiment demandé de venir. Je me retourne vers Richard, bouleversée.

— Oh, c'est tellement mignon, c'est...

— Pas moi. C'est pas moi, m'interrompt-il.

Marge scrute la foule.

— Est-ce que Martin Gall pourrait lever la main ? *Martin ?*

Je pique un fard breton. Marge insiste :

— J'aimerais voir à quoi ressemble un prince charmant... Enfin, un petit prince de Gall.

Une rumeur monte dans l'assistance.

— C'est qui, ce Martin ? me demande Richard.

Je lui murmure que je n'en ai aucune idée et je cours me réfugier dans les jupons de ma sœur. Delphine, que j'ai mise au parfum, tape dans ses mains pour vite passer à autre chose :

— Allez, c'est l'heure des cadeaux !

Marge et Homer rendent le micro au DJ et descendent de l'estrade, copieusement applaudis. Émue, je vais les remercier en leur glissant que Martin a eu un empêchement. Tout le monde m'encercle. Je déballe la bouteille d'un grand cru millésimé et... oh, trop sympa, Richard : l'affiche collector de son premier film. J'ouvre mon lot de DVD, CD et autres bouquins. Le DJ envoie *YMCA* et je me lance dans la tournée des grandes bises. J'arrive devant Gilles et Paul, son mignon. La folle du désert m'offre un sac à main.

— Tiens, j'espère qu'il va te plaire parce qu'il m'a coûté la peau du cuir.

Il enchaîne d'un ton primesautier :

— Je passe une soirée dé... gueulasse ! Paul, si je peux me faire' mettre, tu n'es pas du tout mon genre. Voilà, c'est dit. Maintenant, Charlotte, est-ce que tu peux récupérer ton ami ?

Paul me jette un regard impuissant. Gilles enchaîne :

— Dis donc, mais c'est pas Bouvier là-bas, au bar ?

Il me pousse et s'avance vers Richard avec la détermination de quelqu'un qui entend enfin passer une bonne soirée. Alors que je me prépare psychologiquement à mourir d'une rupture d'anévrisme, je vois mon Polo s'élancer à sa suite, le retourner et lui rouler une énorme galoche. Laure, qui arrivait pour l'engueuler, se fige, pivote sur elle-même et repart. Le gros relou de Jean-Michel revient à la charge... PUTAINNNNNN ! Pourquoi tant de N !

Je fonce me rassembler aux toilettes.

Qu'est-ce que Richard fout encore là ? Non, ne me dites pas qu'il a changé d'avis et qu'il guette Martin. Bien sûr que si... *What else ?*

*

Face au miroir, je suis submergée par une larme de fond. Je passe la pire soirée de ma vie. Delphine entre et referme la porte derrière elle.

— J'ai parlé à Homer et Marge. Apparemment, Martin les a appelés de chez toi, le matin où tu es descendue chercher les croissants. Il leur a fait un tel numéro qu'ils ont noté la date, l'adresse, et ils sont venus.

Ça me touche beaucoup... beaucoup trop.

— Tiens, continue Delphine en me tendant une lettre, je ne voulais pas te la donner devant tout le monde... Joyeux anniversaire.

— C'est une lettre de Martin ? !

113

— Heu, non… En fait, tu l'as écrite le jour de tes quinze ans, tu te souviens ? Tu y as fait la description de la fille que tu voulais être à trente ans et tu me l'as confiée pour que je te la ressorte aujourd'hui.

Aucun souvenir.

Je la décachette. Il y a des ronds sur les « i » et l'encre est turquoise, ça commence bien.

« Chère Charlotte, si tu lis cette lettre, c'est que tu viens d'avoir trente ans… »

Trois copines démâtées au champagne entrent en piaillant. La grande asperge était hôtesse d'accueil avec moi quand j'étais étudiante. Elle s'appelle Samantha ? Tabata ? Pandora ? Enfin, je ne sais plus. En tout cas, bonjour la chirurgie hystérique, elle a une tête de fœtus de chat. Je m'isole dans les toilettes pour lire la lettre. Les trois pouffes sortent après s'être repoudré le nez (à la colombienne). Au bout de quelques instants, Delphine toque à la porte. Je l'entrouvre.

— Alors ? murmure-t-elle. Tu ressembles à la femme que tu t'étais imaginée ?

— Non… Elle est beaucoup plus heureuse que moi.

Ma sœur me prend dans ses bras. Je pose ma tête sur son épaule. Je suis donc aux premières loges pour voir Paul entrer.

— C'est quoi, cette histoire avec Laure ? !

Je me redresse.

— Paul, je vais t'expliquer…

— Je n'ai jamais dit que je détestais son mec !

— Non, mais, en fait, c'est parce que…

D'un seul coup, je me contracte.

— Paul ? ! Où est Gilles ?

— T'inquiète, je l'ai laissé à Maya.

— Maya ? Mais elle est complètement bourrée !

On passe nos têtes dans la salle. Gilles est au bar en train de parler avec Richard qui se décompose. Tout merdeux, Paul disparaît dans une des cabines et Delphine s'évapore. Richard m'aperçoit et fond sur moi. Point d'impact dans dix secondes. Je suis pétrifiée, incapable de remuer mon nez pour disparaître. Quatre, trois, deux… un… Richard me pousse contre les lavabos et referme la porte.

— Qu'est-ce que tu as écrit dans ton interview ?

Je bredouille :

— J'étais très en colère, je sortais de la projection…

— QU'EST-CE QUE TU AS ÉCRIT ?

Je rentre la tête dans ma carapace.

— Bah, rien, enfin la vérité : que c'est un film autobiographique et puis… bon, c'est vrai, j'ai aussi dévoilé quelques facettes de toi qu'on connaît moins, mais, comprends-moi : je me sentais trahie.

Il entre dans une colère noire. Paul tire la chasse. Silence. Richard reprend l'engueulade à voix basse :

— C'est-à-dire, des facettes qu'on connaît moins ?

— Je ne sais pas… des trucs intimes… par exemple… un peu sexuels.

— QUOI ? ! Comment t'as pu étaler ma vie comme ça ?

Paul dégonde quasiment la porte des toilettes et se met à hurler :

— Et toi, connard, comment t'as pu déballer sa vie sur grand écran ?

C'est vrai, ça !

Je me surprends à renchérir :

— Et dans *Voici* ! T'as vu à quoi tu m'as réduite ! Un article dans *Cinérama*, ça passe, mais un film, ça reste ! Mais tu t'en fous, faut pas toucher au grand Richard Bouvier, c'est ça ? ! Ta vie est sacrée, en revanche, moi, j'ai une petite vie qu'on peut jeter en pâture ! Eh ben, SORS DE MA PETITE VIE !

Paul en remet une couche :

— Ouais, c'est ça, sors de sa petite vie ! Bon vent, la paille au cul, le feu dedans !

Richard bouillonne.

— Quand je pense que j'ai quitté ma femme pour toi...

— Pour moi ? !

J'explose :

— Elle t'a viré quand elle a compris, ouais ! Et moi, j'ai été bien conne de te reprendre !

Richard me pointe d'un doigt menaçant :

— J'en ai pas fini avec toi. Oh, ça non ! Je vais t'attaquer en diffamation ! J'ai le bras long, tu sais. Tu n'en sortiras pas vivante !

Il ouvre la porte et se barre, bousculant Gilles qui entre à son tour pour me planter une dernière banderille :

— Chérie, tu m'as menti. T'es virée.

Il se barre.

Je me retourne vers Paul et soupire :

— Tu vas rire : je suis amoureuse de Martin.

— Martin ? C'est qui encore, celui-là ?

*

On sort des toilettes. Tout le monde est raide bourré. Le DJ mixe un morceau de Trance Metal composé par Goebbels. Trois bimbos se désarticulent sur la piste. À la porte, des incrustes commencent à se bastonner avec le videur. Ça ne finira donc jamais. Je cours chercher mon portable et appelle la police. J'entends des bruits de noix de coco qui s'entrechoquent, des hurlements et des coups plus sourds. Ils sont en train de tabasser quelqu'un au sol. Paul essaye de s'interposer. Il se prend un pain et part valser sur la techno. Je hurle que les flics arrivent. Il n'en faut pas plus aux incrustes pour débarrasser le plancher ensanglanté. Je découvre alors que le petit tas de chair marinant dans une fricassée de dents, c'est Gilles... C'est Gilles... Putain, ça va encore me coûter des points de karma.

*

Sous la lumière crue des néons, Delphine ramasse les verres en plastique sur la piste collante. Je passe la serpillière. Maya a décuvé. Elle jette les reliefs du buffet, pendant que Paul, l'œil amoché, rassemble les cadavres de bouteilles. Le DJ remballe son matos. On lui a piqué son iPod. Je sors mon chéquier et crache au bassinet. Je suis vidée. Maya nous rappelle la seule bonne nouvelle de la soirée :

— Laure se marie. Vu qu'elle a choisi la formule Intime-Rapide de peur que son mec ne change d'avis, il va falloir se bouger pour l'enterrement de vie de jeune fille. J'ai pensé au pack « Sexy Aventure ». Alors, il faut choisir : saut à l'élastique, paintball, Laser Quest, Accrobranche ou parachute ? Charlotte ?

— Comme tu veux. Vraiment, là, on ne va pas se battre.

*

En sortant les poubelles, une idée me traverse l'esprit (je suis increvable). Je l'expose à Delphine :

— Il faut que je récupère Martin…

— Quoi ?

— Il faut que je récupère Martin… et j'ai un plan. Ton resto va lui envoyer un Bristol à son bureau pour un déjeuner offert, jeudi prochain.

Delphine lève les yeux au ciel.

— C'est clair qu'il va savoir que c'est toi.

— Pourquoi ? Tu crois qu'il va faire venir les Experts ? Relever mes empreintes sur le timbre et analyser mes cellules épithéliales ?

Je continue sur ma lancée :

— Non, j'ai pensé à ça parce que *Voici*, c'est pas très loin du Annie Hall. On n'aura qu'à écrire, je ne sais pas : « Je voudrais vous remercier parce que… j'adore ce que vous faites. »

— N'importe quoi…

— Oui, bon, c'est nul, mais on va trouver. Jeudi, surprise ! je serai là. Je déjeune en tête à tête avec lui. On discute. Je m'excuse. Il me pardonne. On s'embrasse et, au dessert, j'envoie un chœur de gospel sous une pluie de pétales de rose ! Après les Simpson, il faut au moins ça !

Delphine soupire :

— Quoi que je dise, c'est comme si je pissais dans l'oreille d'un sourd, mais bon… Tu veux mon avis ?

— Non, ton aide.

Je pousse la porte du resto. Les tables sont dressées pour le déjeuner. Derrière le bar, ma sœur est plongée dans le *Cinérama* avec, en couv', Richard qui montre ses fesses. Le titre est bien racoleur : « Richard Bouvier se met à nu ! » Mon « bonjour » la fait sursauter. Elle planque le journal comme elle peut.

— C'est bon, ça va… Comment tu trouves l'interview ?

— Écoute, bizarrement, je trouve que tu l'as rendu hypersympathique, drôle, touchant… humain quoi. Vu l'animal, c'était inespéré.

— Ça ne fait pas « la vengeance d'une blonde » ?

— Je ne trouve pas. Au contraire.

— Mouais, en attendant, je n'ai toujours pas de nouvelles de son avocat. Je m'attends à recevoir une lettre recommandée d'un jour à l'autre.

Quatre Blacks en robe de gospel entrent dans le restaurant. Je leur saute au cou et leur fais un petit briefe :

— Dès qu'on envoie le dessert de la 4, vous venez chanter à cette table.

Je les invite à descendre en cuisine et vérifie le mécanisme de la boule qui doit s'ouvrir au-dessus de la table pour libérer les pétales de rose. Le fil de pêche est bien tendu. Il me suffira de glisser la main derrière la banquette pour le détacher. Alors que Delphine me demande si ce n'est pas un peu *too much*, on entend quelqu'un hurler au sous-sol. Le cuisinier pakistanais déboule. Il gémit en montrant sa main cloquée comme un vieux cheese naan. Delphine sort sa boîte à pharmacie de derrière le bar, badigeonne la brûlure de Biafine et l'entoure d'une bandelette.

— *Go home... No work today for you. Understand ?*

Il acquiesce et redescend chercher ses affaires pendant que Delphine décroche son téléphone.

— Allô, Vincent ? Jawhar s'est brûlé la main... Non, il ne peut pas bosser... Bah, avec qui ? Avec personne ! Tu sais bien que je suis seule le jeudi !... Quoi, tu ne peux pas ? Ah oui, mince, j'avais oublié... D'accord, d'accord, je t'embrasse.

Elle raccroche et soupire :

— Quelle grande chips molle, celui-là.

Les premiers clients poussent la porte et saluent ma sœur.

— Installez-vous, installez-vous. Bon, il va falloir que je descende en cuisine.

Naïvement, je demande :

— Mais qui va nous servir ?

Elle me jette un regard désolé et me tend un carnet pour noter les commandes. Intraitable, je sors :

— AH NON !

Et c'est sans appel.

*

Je cours d'une table à l'autre. J'envoie les commandes à Delphine en cuisine, apporte les cartes, colle un Post-it « M. Gall » sur la 4 (pour qu'on arrête de me demander cette putain de table), speede en terrasse, reviens, tape une addition… Bref, je suis dans le rush à l'instant où Martin pousse la porte…

QUOI ?!

Il est accompagné d'une petite brune en tailleur chic ! Je plonge derrière le bar.

Merde… Merde… Merde…

Le monte-plats sonne.

MERDE !

Dans le reflet de la machine à glaçons, je vois qu'ils s'assoient à la table 4. Je rampe à couvert jusqu'à l'escalier et appelle Delphine dans un râle désespéré. Le gospel pense que c'est le signal. Il monte en entonnant *Happy Day*.

— Non, c'est pas maintenant ! Ma sœur ! Envoyez-moi ma sœur !

Les chanteurs redescendent, dépités. Delphine passe une tête, les joues en feu et les yeux turgescents.

— Martin vient de débarquer avec une fille. Je ne peux humainement pas continuer mon service.

Elle me dévisage et me postillonne au visage :

— TU TE DÉBROUILLES !

Sans me laisser le temps de pleurer, elle redescend.

Dommage qu'il y ait des barreaux à la fenêtre des toilettes.

Mes yeux se posent sur la boîte à pharmacie.

*

Je m'approche de la table 4 en tendant deux menus d'une main tremblante. Martin lève les yeux vers moi et marque un léger mouvement de recul. Je me suis entouré la tête de bandelettes, façon femme invisible. Je marmonne d'une voix trafiquée :

— Un p'tit problème en cuisine…

Je pose les menus et repars. Martin me retient par le bras.

— Vous pourrez remercier le patron de la part de M. Gall pour cette drôle d'invitation. Je me suis permis de venir avec ma fiancée. J'espère que ça ne pose pas de problème ?

Fiancée ? !

Je me flaquifie.

— Du tout.

*

Dans la fournaise de la cuisine microscopique, j'imagine les chanteurs de gospel, serrés comme des harengs, chantant gaiement *Amazing Grace* tandis que Delphine, exaspérée, jongle entre les poêles et les assiettes à dresser. À l'étage du dessus, je vis un supplice. Je ruisselle sous mes bandelettes (invisible, merci bien, on ne voit que moi). En zigzaguant entre les tables, je chope des bribes de conversations. Ça parle de mariage à la table 4 ! Je comprends que Martin a remis le couvert avec son ex, la fille qu'il avait quittée pour moi.

Leurs plats montent. Je les sers.

— Super, mon Tintin. Regarde, nos plats arrivent.

— Le boudin, c'est mademoiselle, je suppose ?

— Non, corrige-t-elle, moi, c'est la morue.

Je lâche entre mes dents :

— Si vous le dites.

*

Mes allers-retours n'en finissent pas. J'ai tous les ongles de pied incarnés. Tintin et Milou consultent enfin la carte des desserts.

— Il est bon, votre crumble aux fruits rouges ? minaude-t-elle sans me regarder.

Non, dégueulasse, radasse.

— Délicieux.

— Bon, se résout-elle du bout des lèvres, je vais prendre ça, alors.

Je note sa commande sur mon calepin suivie d'une petite tête de mort et me retourne vers Martin.

— Alors moi, sans hésitation, je prends la charlotte.

Je m'étrangle avec un :

— A pu.

— Pardon ?

— A pu d'charlotte. La dernière a cramé en cuisine.

— C'est dommage, j'en avais tellement envie. Tant pis, donnez-moi un café.

J'envoie la commande, sors une addition pour la terrasse, prends au passage la carte de visite de Maya que je donne systématiquement avec la note et sors encaisser la table. Quand je reviens en salle, comme convenu…

Dès qu'on envoie le dessert de la 4, vous venez chanter.

… le chœur de gospel est en train d'y balancer *Happy Day* à pleins poumons. Martin prend les mains de son petit pruneau d'Agen et l'embrasse… comme pour la remercier ? Je passe derrière le bar et l'entends dire :

— C'est vraiment une belle surprise, Bérangère. Je me doutais bien que cette histoire d'invitation, c'était bidon. Tu ne m'avais pas habitué à ça, et ça me touche d'autant plus.

Décontenancée, elle ne dément pas et va même jusqu'à se féliciter de son initiative (la garce).

Puisque l'invitation est « bidon », ils vont payer…

Quand je leur apporte la machine à carte Bleue, Martin est en train de s'excuser auprès de… Bérangère.

C'est un prénom, ça ?

— Je me rends compte qu'on se marie dans un mois, m'achève-t-il, et je ne me suis occupé de rien, je suis nul.

— Ne dis pas ça, mon Tintin, tu as eu beaucoup de travail. Tu peux te charger du vin, si tu veux ? J'ai pris rendez-vous chez Lavinia, vendredi à 19 heures.

Il acquiesce :

— Très bien, j'y serai.

Il tape son code de carte Bleue en murmurant pour lui-même.

— *Hate* (8) *sex* (6) *for* (4) *three* (3).

Je vacille. Il prend son ticket et me regarde.

— J'espère que ce n'est pas trop douloureux ?

D'une voix d'outre-tombe, je réponds :

— Sincèrement ? Je déguste.

*

Le resto est vide. Lessivée, je m'assieds à la table 4. Delphine remonte avec deux plats du jour, s'attable en face de moi et pose de l'argent à côté de mon assiette.

— Les pourboires et le service.

— Mais non, arrête, c'est bon.

— Sois pas con, t'as plus de boulot, c'est toujours ça de pris.

Je fais disparaître les biffetons dans mon sac et regarde mon tartare sans appétit, ce qui ne me ressemble pas.

Si tout va bien, ça devrait attirer l'attention de ma sœur.

Delphine dévore son plat sans me calculer. Je pousse un gros soupir. La bouche pleine, elle me balance :

— Allez, vas-y, crache le morceau.

Embarrassée, je me lance :

— Je sais que, très souvent, j'ai fait les mauvais choix…

— Je confirme.

— Merci… mais là, je suis sûre d'une chose, il faut que j'empêche ce mariage.

Delphine, qui s'y attendait, part au quart de tour (en me constellant le visage de projections animales).

— Quand t'avais Martin, tu voulais Richard. T'as eu Richard, tu l'as largué. Et maintenant quoi ? Martin se marie avec la fille qu'il avait quittée pour toi et tu nous refais un caprice.

— Souvent femme varie…

125

— Faut que tu grandisses, Charlotte ! Arrête de toujours vouloir ce que tu n'as pas. Martin s'est super bien comporté avec toi, alors ne va pas foutre la merde dans sa vie ! À moins d'être sûre de toi, ce dont je doute, tu l'oublies et tu tournes l'éponge !

Elle se remet à bouffer. Piquée au vif, je m'adosse brutalement à la banquette. Clic… Ma gueule déconfite disparaît derrière une pluie de pétales.

Je rôde dans les rayons de Lavinia. Pour me donner de la contenance, j'examine un pomerol hors de prix. Dix minutes que je bloque sur l'étiquette en jetant des œillades furtives vers la porte du magasin (je dois avoir l'air de la fille qui s'est mis en tête de le chourer). Martin entre. Manquant de faire tomber la bouteille, j'émets un couinement ridicule. Il tourne la tête et s'avance vers moi. Je me passionne pour les vins chiliens.

— Charlotte ?

— Martin ? ! C'est dingue de se rencontrer, comme ça, par hasard... Tu vas bien ?

— Ça va.

Il est glacial, Hibernatus. Je sors les avirons.

— Il est quelle heure ? 19 heures, quelque chose comme ça, non ? Peut-être qu'on pourrait aller prendre un apéro. Je pense à ça parce qu'on est chez un caviste. On se serait rencontrés dans une boucherie, va savoir ce que je t'aurais proposé ! Ha, ha, ha !

C'est le Pacifique à la rame.

— Non, merci. Je suis pressé, là... et puis boire un apéro avec toi, franchement, j'en vois pas trop l'intérêt.

Pas le Pacifique, la mer Morte.

— Bah, l'intérêt, il n'y a pas d'intérêt à proprement parler, c'est vrai. Non, c'est surtout... le plaisir de se parler.

— Le plaisir ?

— De se parler.

— J'ai bien compris, mais de quoi tu veux parler ? Tout est dit.

Tout Eddy Mitchell en un coffret...

— Si vous avez besoin de quoi que ce soit, je suis là, nous glisse un sommelier.

— J'ai rendez-vous pour une dégustation, lui indique Martin.

Le sommelier s'illumine.

— Monsieur Gall ! Je vous attendais ! Madame a pu se libérer, finalement, formidable !

J'ai à peine le temps d'ouvrir la bouche pour décliner ma véritable identité (Charlotte Galère) qu'il s'emballe :

— Je vous ai concocté une sélection dont je ne suis pas peu fier. Sur le magret de canard, par exemple, là où tout le monde aurait joué la carte d'un haut-médoc, j'espère vous étonner avec un vin italien dont vous me direz des nouvelles !

Malgré moi, j'esquisse une moue dubitative. Il jubile :

— J'attendais cette réaction, mais je suis sûr de pouvoir vous convaincre.

Un italien, sur du magret de canard, un jour de mariage ? Pourquoi pas un boulaouane de l'épicier du coin ? Il m'embarque dans une joute d'aficionados. Cherchant un soutien, il finit par se tourner vers « M. Gall » qui l'arrête tout de suite :

— N'y pensez même pas, je n'y connais rien.

Martin est sombre. Il ne me quitte pas des yeux. Je n'arrive pas à savoir ce qu'il pense. Ça peut être « comme elle est belle et attirante quand elle s'enflamme sur un sujet qu'elle maîtrise » comme « qu'est-ce qu'elle fout encore là cette grosse blonde décolorée ? ». Quand le sommelier nous demande de le suivre pour la dégustation, il est évident que c'est à moi qu'il s'adresse. Je regarde Martin, gênée. D'un geste fataliste, il m'invite à passer devant.

*

Dans le sous-sol voûté du magasin, le sommelier nous fait goûter les vins qu'il a sélectionnés. Champagnes, vins blancs, vins rouges se succèdent. Le sommelier est le seul à recracher. Martin et moi, on profite de chaque gorgeon pour se donner du courage. Je donne mon avis en alternant jugements experts et petites blagues de mon cru millésimé.

Presque toutes aussi mauvaises que celle-là.

L'alcool fait des ravages dans mon ventre vide, mais je m'accroche désespérément à mon objectif : rappeler à Martin que j'existe, qu'il m'aime et qu'il doit annuler son mariage… pour lequel on est en train de choisir le vin (c'est mal barré).

À la fin de la dégustation, le sommelier tape dans ses mains.

— Alors, qu'est-ce qu'on décide ?

— On a déjà tout goûté, là ? demande Martin avec une pointe de déception.

Entendons-nous bien : une toute petite pointe, mais ça me fait l'effet d'une piqûre d'amphétamines. Je ne suis plus en état de différencier un vin rouge d'un cognac, mais je me lance :

— Pour le champagne, le petit producteur bio, ça me paraît très bien, non, Martin ? La bulle est fine et c'est moins m'as-tu-vu que le ruinart.

— Parfait, mademoiselle. Pour le blanc, on reste sur le vaudésir ?

— Voilà, vaudésir sont des ordres.

Martin sourit (autant dire qu'il est ivre mort).

— Et pour le rouge ? Vous aviez l'air très emballé par le lalande…

— Tout à fait ! Le lalande de pute.

Martin rit (on est en train de le perdre). Le sommelier essaie encore de me vendre son vin italien, mais je suis intraitable.

C'est mon mariage quand même, merde.

Il abandonne et remonte chercher le carnet de commandes, nous laissant en tête à tête. D'une voix tendre, Martin me demande :

— Qu'est-ce que tu fais là à choisir le vin de mon mariage ? C'est absurde.

— T'as raison, c'est absurde : tu ne peux pas te marier.

Il laisse échapper un rire mauvais :

— Comment oses-tu me sortir une phrase pareille ?

Je chancelle.

— Je vais me marier, Charlotte. Ma fiancée manque peut-être de fantaisie, mais elle ne s'amuse pas avec les gens, elle.

— Moi non plus.

— Ah non ? Tu n'as même pas hésité. Quand ce connard est revenu, tu n'as même pas hésité une demi-seconde !

— C'est vrai… mais je l'ai quitté depuis ! Martin, j'ai fait une erreur…

— Non, c'est moi qui ai fait une erreur : je n'aurais jamais dû faire souffrir Bérangère pour une passade. J'ai voulu y croire, mais, à la réflexion, c'était écrit d'avance. Tu ne veux pas construire. Ton truc à toi, c'est les émotions fortes. Il te faut toujours du nouveau, du passionné… Le bonheur, ça t'ennuie, ça t'angoisse. Tu es incapable d'être heureuse. C'est toi qui avais raison : tu perds, tu casses tout ce que tu as.

— Pourquoi tu me dis ça ?

— J'aimerais que tu t'en ailles maintenant.

— Pourquoi tu me dis ça, c'est dégueulasse !

— Charlotte, VA-T'EN !

Ces mots explosent dans la cave voûtée. Il y a de la colère et de la douleur dans sa voix. La gorge nouée, je secoue la tête.

— Non, attends, écoute-moi. La semaine qu'on a passée ensemble, c'est ce qui m'est arrivé de mieux dans ma vie. Martin, je ne joue pas avec toi, je te jure, je t'aim…

La dernière syllabe se noie dans un reflux. J'ai juste le temps de mettre la tête dans le seau à champagne pour vomir un mélange d'alcool et de désespoir. Martin s'avance vers moi. Je le repousse, ramasse mes affaires et titube vers la sortie. Dans l'escalier, je bouscule le sommelier.

— Votre fiancée ne se sent pas bien, monsieur Gall ?

J'entends Martin répondre sèchement :

— Ce n'est pas ma fiancée.

Gueule de bois vermoulu. Je prépare mollement un sac de voyage : pyjama, culottes Gros Bateau... Je tire une gueule d'enterrement, mais pas de vie de jeune fille. Pourtant, dans une demi-heure, Laure, Maya et Delphine passent me prendre pour un week-end « Sexy Aventure ». Ça tombe bien, je me sens sexy comme une burka et aussi aventurière qu'une Amish. Pull pour le soir, brosse à dents... On sonne à la porte. Je me traîne jusqu'au judas. La laideur bubonique de mon postier est à la limite du happening. J'ouvre et essuie un énième :

— Salut, p'tite biloute !

— Salut... p'tite biroute.

On s'adapte.

— J'ai une lettre recommandée pour vous, annonce-t-il sans relever le caractère phallique de mon accueil.

Recommandée ? Mon sang se coagule. Ça y est : Richard a lancé sa démarche-ou-crève. Je prends la lettre comme si elle était pleine d'anthrax.

— Une 'tiote signature ici, s'oui plaît.

Je craque :

— VOUS ALLEZ ARRÊTER CETTE CONNERIE D'AC-
CENT CH'TI À LA CON ! ÇA NE ME FAIT PAS RIRE,
VOUS POUVEZ COMPRENDRE ÇA ? ! C'EST NUL !!

Il me tend son reçu en tremblant. Je signe en
faisant un trou dans la feuille et claque la porte.

*Y a des limites, quand même, non ? Bon, j'ai
peut-être été un peu excessive, mais faut pas m'em-
merder en ce moment, j'suis une trentenaire à vif.*

Je retourne nerveusement le pli dans mes mains.
Pas de tampon, une adresse d'expéditeur illisible…
Richard avance masqué. Quand j'ai demandé à Paul
ce que je risquais, il a fait glisser un ongle sur sa
gorge. La mort par décapitation… Glurps. Alors
que je m'apprête à décacheter mon faire-part de
décès, ça sonne à nouveau.

Oh ! putain !

Je jette la lettre à travers le salon et ouvre en
hurlant :

— JE VOUS PRÉVIENS : JE…

Shame on me : je viens d'engueuler une énorme
gerbe de roses. La tête d'un livreur apparaît sur
le côté.

— Charlotte Malère ?

— Heu… ça dépend.

Il me colle le bouquet dans les bras, me fait signer
son papelard et s'en va. Glissée entre les épines,
je trouve une petite carte où Martin a griffonné :

« Les gerbes se suivent mais ne se ressemblent
pas. Désolé… M. »

*

Encombrée par le bouquet, je grimpe à l'arrière
de la voiture. Je le tends à Laure déguisée en mariée

rose fluo et maquillée comme un passeport mexicain. Delphine se serre contre les provisions pour me faire de la place. Maya démarre sur les chapeaux de roues et monte le son : « *Everybody needs somebody, everybody needs somebody... TO LOVE* ! » C'est l'hystérie dans la voiture. On roule à tombeau ouvert vers la maison de campagne des parents de Maya. J'essaie de participer, mais j'ai la tête ailleurs : sur le billot. On passe devant une enseigne « Garage Martin » puis devant une publicité Arthur Martin. J'appuie mon front sur la vitre et regarde Paris défiler. À la porte d'Orléans, une grande affiche ébouriffée de cocotiers vante les charmes de la Martinique.

Martin nique... ravie de l'apprendre.

Je souffle sur la vitre et dessine dans la buée une tête de mort. Pour couronner le tout, arrivées sur l'autoroute, la sonnerie de *Psychose* et celle des *Dents de la mer* se succèdent en boucle sur mon portable.

— Bah, réponds ! s'agace Delphine.

— Non, non, c'est rien, c'est juste Richard et Gilles qui veulent me faire la peau.

Je le mets sur vibreur à l'instant où on dépasse un camion « Martin Transport ».

*

On est toutes assises dans le salon de la maison de campagne. La démonstratrice se tient en face de nous, bien droite dans le canapé. Elle porte un serre-tête en velours vert. On a l'impression qu'elle va nous donner un cours de catéchisme, mais non, elle sort de sa valisette un gode en forme de lapin dont elle nous vante les mérites.

— Tête tournante, multi-speed-vibration, hypo-allergénique… Passez-moi l'expression, mais ce chaud lapin est le compagnon rêvé de vos siestes coquines… seule ou accompagnée. Les petits picots que vous voyez ici et… là ont été pensés pour décupler le plaisir féminin. Je vous le fais passer pour que vous appréciiez son ergonomie et sa texture satinée.

Après le coup du lapin, elle nous fait l'éloge d'un petit canard, complice de nos bains moussants, et d'un gel chauffant révolutionnaire.

Hasta orgasmo siempre…

On se passe les sex-toys, en pouffant comme des adolescentes. Je suis la dernière à examiner de plus près l'abeille butineuse, les doigts chinois, l'agrandisseur de tétons, le Kit Moulage Clone Boy et autres sexes à piles. La démonstratrice sort un instrument de torture violet.

— Mesdemoiselles, laissez-moi vous présenter la Culotte Vibrante Papillon Pénis ! Vous réglerez aisément l'intensité des vibrations grâce à cette télécommande. Très confortable, cette culotte peut être portée partout et en toute circonstance.

Enterrement, entretien d'embauche, réunion de copropriété…

Mon téléphone vibre dans ma poche. La démonstratrice me jette un regard suspicieux. J'en conclus que j'ai une tête à voler des vibromasseurs. Ça fait toujours plaisir… Je sors mon portable et lui montre en souriant.

— C'est Richard, mon ex. Je doute que vous ayez ce modèle. Il vibre quand il veut, je m'électrocute une fois sur deux.

Elle finit sa démonstration par un coffret « Au bonheur des dames » qui va du fouet à lanière au loup en dentelle noire. Maya achète le lapin en nous interdisant la moindre réflexion. On offre à Laure le vilain petit canard et on raccompagne Mme Lequenois jusqu'à sa voiture en la remerciant de nous avoir mis dans le secret des Gods.

*

Partie de paintball effrénée. En combinaison rouge et masque intégral, je passe mes nerfs en tirant sur tout ce qui bouge. Je cours, me prends les pieds dans les racines d'arbres, me traîne dans les orties et me planque enfin derrière un rocher pour reprendre mon souffle. J'entends alors Delphine hurler :

— Charlotte ! Attention, derrière toi !

Je fais volte-face. Je suis dans la ligne de mire d'un mec de l'équipe bleue. Il est là, le bras tendu à cinq mètres de moi, immobile alors qu'il aurait déjà pu faire feu dix fois. Je me redresse au ralenti comme dans un film de John Woo et lui tire une balle de peinture rouge dans le cœur. Toujours étrangement pétrifié, il regarde la peinture couler. J'en profite pour prendre mes rangers à mon cou. Quelques mètres à découvert et je me fais cartonner de bleu. On finit par organiser une embuscade avec les filles qui nous vaut la victoire.

Alors qu'on se congratule en entrechoquant nos torses comme des rugbymen, on se rend compte qu'on a perdu ma sœur.

— Elle est là-bas, dit Laure en pointant du doigt Delphine qui revient péniblement vers nous.

— On va se doucher, balance Maya. Je ne tiens pas du tout à croiser nos adversaires. C'est moi qui ai organisé leur EVG et on vient de leur mettre la pâtée. Ils ont pris ma carte chez ta sœur, d'ailleurs.

— Ah ouais ? Super. Allez-y, partez devant. On vous rejoint.

Les filles s'en vont. Delphine a morflé. Je ne vois que ses mèches blondes qui dépassent de son casque. Elles sont collées de peinture comme les miennes. Le mec que j'ai shooté tout à l'heure l'arrête en chemin. Il enlève son masque et je manque de défaillir. C'est Martin ! Je suis trop loin pour entendre ce qu'ils se disent. Dès que j'ai récupéré l'usage de mes membres, je m'approche et m'arrête juste derrière lui. Je vois son visage en reflet sur la visière de Delphine.

— Je peux savoir ce que tu fais là, Charlotte ? lui demande-t-il.

— Mais qu'est-ce que… laisse-t-elle échapper en essayant d'enlever son casque.

Martin la prend par les épaules.

— Tu me suis ou quoi ? T'as décidé de me harceler, c'est ça ? Je suis en train d'enterrer ma vie de garçon et tu apparais dans… dans une combinaison moulante qui te fait un cul d'enfer !

Delphine croise les bras, tout à coup très intéressée par ce que Martin a à dire.

— Charlotte, réponds-moi !

Le moment que je redoutais arrive : j'enlève mon casque. Entre les cheveux plaqués de sueur qui me font une tête de noyau sucé et les marques de caoutchouc sur le front, je me sens extrêmement désirable. Je tente un presque inaudible :

— C'est peut-être un signe ?

Martin sursaute et se retourne. Il me dévisage comme s'il me voyait pour la première fois.

C'est sûr que je me montre rarement sous cet angle… mort.

— Un signe ? Tu veux me rendre dingue, Charlotte ?

Je glisse à Delphine :

— C'est bon, là, je crois que tu peux y aller.

— Attends, juste au moment où ça devient…

— Delphine !

— OK…

Elle part en traînant la patte. Tout à coup, Martin ne tient plus en place. Il tourne et vire de bord, s'arrête pour me dire quelque chose, se ravise, recommence à faire les cent pas. Je me jette à l'eau :

— Martin…

Il me fait signe de me taire, se remet à piétiner et finit par se planter devant moi.

— Samedi prochain, je suis censé me marier.

— Je sais… et j'en crève.

Il fuit mon regard.

— Je ne peux pas épouser une fille alors que je n'arrête pas de penser à une autre… Mais elle ne s'en remettra jamais. Je ne peux pas la faire souffrir une deuxième fois. Et puis, elle a tout organisé, tout est envoyé. Tout est prêt pour samedi. La tente, le traiteur…

— Le vin…

— C'est allé tellement vite.

J'en suis malade de le voir si perdu. Je m'entends dire :

— C'est toi qui as raison. Elle ne mérite pas ça, personne d'ailleurs, et puis, le Martin que j'aime ne la planterait pas devant l'autel. On se connaît à peine. Qui peut dire que ça pourrait vraiment marcher entre nous ? Si ça se trouve, dans deux mois, on se serait lassés l'un de l'autre. Je vous souhaite d'être très heureux… sincèrement.

Je pivote et avance droit devant moi, la vue brouillée de larmes. J'ai du mal à respirer. Je suis en train de me noyer. Martin me rattrape par le bras.

— J'ai besoin de temps, Charlotte. C'est monstrueux ce que je vais te demander, mais donne-moi rendez-vous où tu veux, samedi à 16 heures. Si j'y suis, c'est que je ne me serai pas marié.

Le cœur battant, je sors la première idée qui me passe par la tête :

— En haut de la tour Eiffel.

Le regard fiévreux, il attrape mes mains, les serre et répète à voix basse :

— 16 heures, en haut de la tour Eiffel…

Son départ enclenche le compte à rebours.

Je tourne dans mon appartement comme un hamster sous psychotropes. Je m'arrête devant le miroir, rajuste la bretelle de ma robe, m'approche pour vérifier que je n'ai pas une botte de persil entre les dents et me remets à tourner. Je shoote dans la lettre recommandée que je n'ai toujours pas ouverte. Elle glisse sous la table basse. Mon portable sonne dans la cuisine. C'est la sonnerie de Richard. *Psychose...* Il ne me lâchera jamais.

Je m'assois sur une fesse dans le canapé, les yeux aimantés à la pendule. 14 h 40. 14 h 41. 14 h 42. Je ne tiens plus. J'attrape mon sac et me rue vers l'entrée. En ouvrant la porte, j'enfile à la volée la deuxième manche de ma veste et donne un énorme coup de coude dans le nez de Richard qui s'apprêtait à sonner. Il se met à pisser le sang. J'explose nerveusement de rire.

— Désolée, Richard, mais je suis très pressée.

Je fouille dans mon sac et lui tends un Kleenex en poursuivant :

— C'est bon, j'ai bien reçu ton recommandé. Tu peux faire ce que tu veux, je m'en fous.

La tête en arrière, il me demande :

— Quel recommandé ? Écoute, je n'ai pas arrêté de t'appeler. Pourquoi tu ne me réponds pas ?

— Ce n'est vraiment pas le moment, il faut que j'y aille. Fais ce que tu veux, je te dis.

Je ferme à clé et le bouscule pour partir. Il me retient par le bras.

— Je suis venu pour m'excuser, Charlotte... et te dire merci. C'est la plus belle interview qu'on ait jamais faite de moi, sans doute parce que ce n'est pas moi qui parlais. Si tu savais le nombre de lettres que j'ai reçues à la prod'.

— Tant mieux pour toi, Richard.

— En plus, je viens d'être de nouveau papa. Ma femme m'a...

Je dévale l'escalier. Il crie un « Au revoir » qui résonne dans le vide.

*

Je monte, impatiente, dans l'ascenseur bondé de la tour Eiffel. Je suis très en avance. Tant mieux. Je vais pouvoir me préparer psychologiquement à affronter ces retrouvailles : faire un repérage des lieux et me composer une attitude qui marquera cet instant d'une pierre précieuse. Je vois déjà la scène : moi, debout (légèrement cambrée), le regard perdu vers l'horizon. Tu m'envoies la petite brise, Ludo ? Voilà, parfait. Martin arrive dans l'uniforme blanc d'*Officer and Gentleman* (c'est mon film, je fais ce que je veux). Il m'enlace par-derrière et me murmure à l'oreille : « Qu'est-ce que tu fais les cinquante prochaines années ? »

Martin monte, anxieux, dans un ascenseur. Engoncé dans sa queue-de-pie, il desserre un peu sa lavallière tandis que les étages défilent. Les portes s'ouvrent directement sur un vaste appartement qui a vue sur tout Paris, avec la tour Eiffel au loin.

— Papa, faut que je te parle.

Son père, la soixantaine, son téléphone collé à l'oreille, se retourne et lui fait signe de patienter.

*

Je fais le tour de l'étage. Tiens, je vais me mettre là, une main sur la rambarde face au Sacré-Cœur. C'est assez loin de l'ascenseur pour que Martin ne me voie pas tout de suite en sortant. Cette pointe de suspense déniaisera un peu la scène. On s'est occupé du texte ? Parce que, franchement, « Qu'est-ce que tu fais les cinquante prochaines années ? », c'est faible, les gars.

J'attends, immobile. C'est sûrement poignant, mais j'ai déjà les p'tites fourmis qui montent, qui montent. Il est quelle heure ? Je fouille dans mon sac pour trouver mon portable, en vain. J'arrête un Allemand en Birkenstock. 15 h 30. Si je reste en position pendant une demi-heure, je vais manquer de naturel à l'instant T, à l'heure X, au point G. Je refais un tour d'horizon.

*

Martin est debout devant la baie vitrée, hypnotisé par la tour Eiffel. Son père parle business en

rigolant grassement. Exaspéré, Martin traverse la
pièce et raccroche le téléphone.

*

Pour occuper le quart d'heure qui me reste à
attendre, je glisse un euro dans la longue-vue. J'inspecte la foule qui fourmille au pied de la tour, en
cherchant Martin dans l'image.

*

Le père de Martin le dévisage.
— Ça ne va pas ? Qu'est-ce qui te prend ?
Martin rassemble ses forces :
— Je ne veux plus travailler pour toi. Je veux
reprendre la photo de reportage.
— On en reparlera tranquillement après le
mariage…
— Il n'y aura pas de mariage.
Son père éclate de rire.
— Ne dis pas n'importe quoi ! C'est normal. Tu
as peur de faire le grand saut. Allez, prends un
verre, ça va passer.
Le téléphone sonne.
— Excuse-moi, Martin, mais c'est important, là.
Son père décroche et tourne sur son siège.

*

Je suis là, debout, immobile, la main sur la rambarde avec vue sur le Crève-Cœur. Je redemande
l'heure pour la énième fois. 15 h 50. J'ai un début
de phlébite.

*

Le père de Martin raccroche et se retourne.
— Bon, ça va mieux ? Tu...
La pièce est vide.
— ... Martin ?

*

— Martin !
Je sursaute. Un petit garçon me passe entre les jambes, coursé par sa mère.
— Martin, arrête de courir dans tous les sens !
Je refais le tour de l'étage. J'en connais les moindres recoins : chaque chiure de pigeon, chaque chewing-gum collé. L'ascenseur monte, l'ascenseur descend et le désert avance.

*

Martin parlemente avec la fourrière qui est en train d'enlever sa voiture :
— Je vous dis que c'est le rendez-vous de ma vie ! Si je ne suis pas là-bas à 16 heures, qu'est-ce que je vais raconter à mes petits-enfants ?
— Vous leur direz de ne jamais se garer devant une entrée de parking.
— Je n'avais pas vu le panneau. S'il vous plaît...
— Monsieur, vous voyez bien qu'on a déjà commencé le boulot, on ne peut...
Sans attendre la fin de la phrase, Martin saute dans un taxi. Trois rues plus loin, il se retrouve coincé dans les embouteillages. Il lance un billet

au chauffeur, sort et s'engouffre dans une bouche de métro.

... « Nous vous prions de nous excuser pour la gêne occasionnée. »

Il ressort de l'autre côté de la rue. Il est 16 heures à l'horloge du métro.

*

— 16 h 10, madame, me répond le liftier.

MADEMOISELLE ! Une vraie vieille fille...

J'imagine Bérangère avancer vers l'autel au bras de son père. À côté du prêtre, Martin a les yeux au bain-marie. Elle est tellement émouvante dans sa jolie robe de grognasse. Je m'allume la cigarette de la condamnée.

*

Martin s'arrête en nage devant une station de Vélib' et dégaine nerveusement son portable. *Raindrops Keep Fallin' on My Head,* la musique de *Butch Cassidy et le Kid,* résonne dans la cuisine de Charlotte.

*

J'attends comme un clebs à côté de l'ascenseur. On est très loin des retrouvailles chabada bada que j'espérais. Les portes s'ouvrent.

S'il n'est pas dans cet ascenseur, j'y vais.

Un flot de touristes se déverse. Les portes se referment.

Allez, un p'tit dernier pour la route...

*

Perché sur un Vélib', Martin pédale comme un malade. Il slalome entre les voitures, prend les trottoirs, fait des queues-de-poisson.

*

Au moment où je me résigne à monter dans l'ascenseur pour l'échafaud (tu peux couper la brise, Ludo), un couple d'Américains me demande de les prendre en photo. Je démoule un sourire et saisis leur appareil. Dans le viseur, je les vois se peloter et pouffer de rire. Ils sont à Paris. Ils sont amoureux. Je zoome sur les doubles mentons de ces bouffeurs de Cheerios.

*

Martin traverse le pont d'Iéna, lève la tête vers la tour Eiffel, sourit et se fait faucher par un bus. Des passants se précipitent vers lui. Projeté à plusieurs mètres, son Vélib' est plié en deux. Une des roues tourne dans le vide.

*

La mort dans l'âme, je monte dans l'ascenseur. À l'heure qu'il est, Martin et Bérangère doivent être unis pour leur meilleur et pour mon pire. Je revois la kermesse et le marché. Je revois Martin cuisiner en slip, rire aux conneries des Simpson... et aujourd'hui, plus rien. Comment j'ai pu merder à ce point-là ? La descente n'en finit pas. Quand les portes s'ouvrent enfin, les touristes me bousculent. Je suis la dernière à sortir. Je ne me suis jamais sentie aussi seule, aussi inutilement vivante.

— Charlotte ?

Je me retourne au ralenti. Ma robe se soulève. Mes cheveux volent autour de mon visage illuminé par l'espoir. Il est enfin...

— Paul ?

— Delphine m'a appelé ce matin. Je me suis dit que... Il n'est pas venu ?

Je secoue la tête lentement, en équilibre au bord des larmes. Qu'est-ce que j'espérais ? C'est ridicule, bien sûr qu'il n'allait pas venir. Paul enroule son bras autour de moi.

— Viens, je te ramène.

On s'éloigne tandis que, derrière nous, se rapproche le hurlement strident d'une ambulance.

*

Paris défile à travers la vitre de la voiture, ses immeubles, ses squares, ses bancs publics-bancs publics... J'ai les yeux dans le vague. Paul s'embrouille dans une réflexion qui se veut réconfortante :

— Charlotte, regarde-moi : j'ai mis quatre ans à faire le deuil de ma dernière histoire. Je me suis réfugié dans le boulot. J'ai travaillé comme un chien jour et nuit. J'ai limite installé un lit de camp dans le cabinet.

— Et ?...

— Et je m'en suis remis.

— Ah bon ?

— Oui, c'est encore frais, mais je me suis dit que si j'étais capable de rouler une galoche à un mec, j'étais capable de faire n'importe quoi. Alors, j'ai décidé de tout envoyer paître. J'ai posé ma démission ce matin.

Je le regarde.

— Tu vois, Charlotte, tout arrive.

— Mais qu'est-ce que tu vas faire ?

— Tu me promets de ne pas te foutre de ma gueule ? J'ai très envie de monter un journal. Enfin, plutôt un magazine culturel qui suivrait chaque mois une œuvre de sa genèse à son aboutissement. Et... pour tout te dire... c'est un peu ton article sur Richard qui m'a donné cette idée d'aller vraiment au fond des choses et... maintenant que... enfin, je me suis dit... peut-être que ça pourrait t'intéresser de le monter avec moi ?

— ...

— Charlotte ?

— Si ça se trouve, il m'a laissé un message !

*

J'ouvre la porte et me précipite sur mon portable. Paul me suit jusqu'à la cuisine. Un appel en absence de Martin, à 16 h 04... Pas de message. Ça pue le message d'adieu.

Qu'il s'étouffe avec sa pièce montée.

Je supprime son numéro de mon répertoire et vais m'avachir dans le canapé du salon.

— Tu veux parler ? me demande Paul. Ou alors... je ne sais pas, regarder la télé ? Qu'est-ce que tu as envie de faire ?

Silence lourd de maux.

— C'est quoi, ça ? me demande-t-il en ramassant la lettre qui traîne sous la table basse.

Je hausse les épaules. Il sort de l'enveloppe une liasse de feuilles, la scanne de son œil d'avocat et finit par m'annoncer :

— Mademoiselle Malère, j'ai le plaisir de vous apprendre que *Cinérama* vous envoie un nouveau contrat d'embauche.

Je saisis les feuillets. Il y a un Post-it de Gilles collé sur la première page : « Richard m'a appelé. Reviens vite, ma Chachatte ! »

Je déchire le tout.

— Qu'est-ce que tu fais, Cha' ? T'es folle !

— Tu ne m'as pas dit qu'on montait un journal ensemble ?

Paul me passe les planches. J'étale la maquette du magazine sur trois tables rassemblées au milieu du Annie Hall. Maya, précédée d'un énorme ventre, revient des toilettes pour la sixième fois. Laure s'extasie sur la couv'. Maya jubile en voyant le bel encart publicitaire pour sa boîte *B4 she gets married.*

— ARTIFICE, c'est vraiment sympa comme nom, s'enthousiasme Delphine.

Je précise :

— On a hésité avec ARTIFICE FUCKING, mais c'était un peu long.

Paul est intarissable sur les expériences qu'on a vécues avec les artistes. C'est un autre homme. Je commente l'article central en répondant aux questions. Et tout à coup, il n'y a plus que moi qui brasse de l'air. Tout le monde regarde Maya, debout dans une flaque.

— Putain, mais t'es complètement incontinente, lui dit Paul, atterré.

— Heu… Je crois que je viens de perdre les eaux.

— Les os ? Mais comment tu peux perdre des os ? hallucine Paul.

— Non, les eaux... les... Charlotte, tu peux appeler François, s'il te plaît...

Je me mets à hurler « FRANÇOIS ! » dans le restaurant. Panique générale ! On court dans tous les sens en se rentrant dedans. Paul se rue vers la sortie pour aller chercher sa voiture. Oubliant d'ouvrir la porte, il se prend la vitre et finit par sortir en titubant. J'arrête de vociférer, comprenant que François, c'est au téléphone qu'il faut l'appeler. Je dégaine mon portable. Laure passe derrière le bar et ressort avec une pile de torchons propres. Delphine griffonne un papier qu'elle colle sur la vitrine : « Fermeture pour cause d'accouchement. »

Paul s'arrête devant le resto dans un crissement de pneus. Se tenant les reins, Maya se déplace comme un culbuto et s'assied à l'avant, pendant qu'on s'entasse toutes à l'arrière. Paul démarre tandis que Maya halète :

— Vite, à l'Hôpital américain !

*

Dérapage au frein à main devant l'hôpital. Toutes les portes s'ouvrent en même temps et on s'éjecte. Je cours comme une dératée jusqu'à l'accueil.

— *Help, please, I need a chair... She's gonna have a baby !*

L'interne me dévisage. Je continue sur ma lancée :

— *I NEED A CHAIR ! You know...* Vous parlez français, à l'Hôpital américain ?

La bande entre dans l'hosto, soutenant Maya.

Le personnel hospitalier la fait asseoir dans une chaise roulante et l'emmène.

*

Dans la salle d'attente, Paul s'excite sur la machine à café qui vient de lui avaler sa pièce. Je fais les cent pas. Le mari de Laure nous a rejoints. À voix basse, elle est en train de lui prendre la tête pour avoir un enfant. L'encre de leur certificat de mariage est encore fraîche qu'elle a déjà trouvé une nouvelle obsession.

— Qui veut quoi ? lance Delphine en revenant les bras chargés de victuailles. J'ai des Mars, des Balisto, du Coca light…

Les portes battantes s'ouvrent avec violence. Le mec de Maya débarque, haletant. Il nous regarde sans nous voir et se précipite vers la salle d'où s'échappent les cris de Maya.

*

Les cris sont devenus des hurlements. Les canettes et les paquets sont vides. On est tous réunis autour d'une grille de mots fléchés.

La petite Aurore surgit dans la salle d'attente et saute dans les bras de sa mère. Mon beauf la suit, caméra au poing. Il filme nos visages luisants.

De beaucoup trop près pour que je lui cède mon droit à l'image.

— Vous en êtes où ? demande-t-il à la cantonade.

— Nulle part. On attend.

— Depuis combien de temps ?

— Cinq heures. Ça sent la césarienne.

— Alors, Charlotte, tu penses que Maya va accoucher d'un garçon, d'une fille ou d'une abeille ?... Hein ? Maya l'abeille !

Il est gentil, mon beauf.

Les hurlements sont devenus des hauts-de-hurlements. Vincent, au taquet, filme François qui sort de la salle de travail, vert comme sa blouse avec une charlotte sur la tête. Il chancelle, bredouille en gros plan : « ... aiguille... péridurale... » Ses yeux se révulsent et il sort du cadre en tombant. Tout le monde se précipite à son chevet. Il ouvre un œil vitreux et demande de l'eau. Je pousse les portes battantes et cours dans le couloir jusqu'à la fontaine. Je remplis un verre, m'apprête à repartir, mais un message diffusé dans les haut-parleurs me pétrifie :

« Monsieur Martin Gall est attendu en salle de rééducation. Monsieur Martin Gall. »

Je siffle le verre d'eau et titube jusqu'à l'accueil.

— Excusez-moi... Je... C'est où, la salle de rééducation ?

Derrière le comptoir, la ravissante interne m'indique :

— Au quatrième étage, mais vous ne pouvez pas y aller si vous n'avez pas rendez-vous.

— Mais *j'ai* rendez-vous... enfin, j'avais rendez-vous... avec lui en haut de la tour Eiffel.

Perplexe, elle me répète :

— Le quatrième étage n'est accessible qu'aux médecins et aux patients.

Dodelinant de la tête, je lui dis que bien sûr... c'est normal... Bien sûr... Je m'éloigne à reculons, pétrie de compréhension, et pousse la double porte avec mon dos. Dès que je ne suis plus en vue, je me retourne et accélère le pas. Je suis les panneaux « ascenseur ». Premier couloir, deuxième couloir… Je repère une porte « Réservé au personnel ». L'air de rien, je m'introduis et ressors aussitôt habillée en docteur.

I've got the blouse !

Je monte dans l'ascenseur avec un patient allongé sur un lit à roulettes poussé par un brancardier. Dès que le patient m'aperçoit, il me demande :

— Excusez-moi, docteur, ça ne va pas être trop douloureux ?

Me composant une attitude professionnelle, je parcours le dossier accroché au pied du lit.

— Non, écoutez, 2cc de O_2, on va vous poser une voie centrale et vous mettre sous perfusion. Je pense qu'on n'aura même pas besoin de vous ballonner.

Tête déconfite du patient. Ding. Les portes s'ouvrent au quatrième étage. Je sors en leur souhaitant une excellente journée.

Rééducation… Rééducation… Rééducation !

Par le hublot d'une porte, je jette un œil dans une grande salle d'agrès. Martin est là ! Transpirant dans un sweat gris, les mains crispées sur deux barres parallèles, il avance péniblement vers un kiné.

Mes jambes se dérobent. Je glisse au sol. À travers la porte, j'entends Martin se décourager :

— C'est pas possible ! Hier, j'avais l'impression de faire des progrès et, là, j'ai les jambes en mousse.

Le kiné, réaliste, jette un œil au dossier de Martin.

— Ce que vous avez réussi à faire en trois mois, c'est déjà énorme. Après un si long coma, je n'ai jamais vu ça.

Je plaque une main sur ma bouche pour retenir mes larmes.

— On va arrêter là pour aujourd'hui, lui propose le kiné.

— Hors de question ! On ne s'arrête pas avant que j'aie atteint le bout de ces putains de barres !

Le kiné le sermonne :

— C'est bien, d'être motivé comme ça, monsieur Gall, mais faut être raisonnable aussi.

Martin tranche :

— On n'est pas raisonnable quand on est amoureux.

Comme aimantée, je me relève, ouvre la porte et m'avance vers eux, alors que Martin enchaîne :

— Encore un quart d'heure.

Je me racle la gorge.

— Bonjour, messieurs… heu… Docteur Malère.

Martin manque de perdre l'équilibre. Je m'adresse au kiné :

— Si vous voulez bien me laisser avec mon patient.

Le kiné fronce les sourcils, mais finit par sortir. Au passage, je lui attrape le dossier des mains et prends sa place au bout des barres, face à Martin.

On se redécouvre en silence. Pour masquer mon trouble, je dégaine un stylo et ouvre le dossier.

— Alors, monsieur Gall, après un coma, vous en êtes donc à trois mois de rééducation.

— Heu… oui…

Je fais semblant de cocher une case.

— Vous êtes marié ?

— Non.

Un temps. Je réprime un sourire et coche une nouvelle case.

— Jolie bague, note-t-il en montrant la grosse fleur que je porte encore au doigt.

— Restez concentré, s'il vous plaît... Il est écrit ici que vous êtes en train de récupérer petit à petit l'usage de vos jambes. Est-ce que le cœur a été touché ?

— Non, il est intact.

J'enchaîne, très sérieuse :

— Et vos parties ? Enfin... d'autres parties de votre corps ?

— Non, tout va bien de ce côté-là.

Je coche et recoche.

— Ah ! Question importante : qu'en est-il de votre mobilité labiale ?

Il me fait un grand sourire, agrippe les barres et commence à progresser vers moi. J'esquisse un pas pour qu'il ne s'épuise pas. Il m'arrête d'un geste de la main et continue à avancer. Un pied devant l'autre, il se rapproche jusqu'à être contre moi et murmure :

— Vous êtes belle, Charlotte, et vous regarder est une souffrance.

Je lui réponds d'une voix presque inaudible :

— Vous m'aviez dit hier que c'était une joie.

— C'est une joie et une souffrance.

Je passe mes bras autour de son cou et je l'embrasse, d'abord sur la bouche, puis sur la joue, le nez, les yeux... La voix de Paul sort des haut-parleurs en hurlant :

« Putain, Charlotte, t'es où ? ! Maya vient d'accoucher. C'est un p'tit gars ! Il a un micro-pénis ! »

On entend la ravissante interne :

« Monsieur, les messages personnels sont interdits. Rendez-moi ce micro. »

« Je vous le rends... heu... seulement si... heu... vous acceptez de dîner avec moi ce soir. »

« Peut-être, mais rendez-le-moi ! »

Le micro larsène et se coupe. Je regarde Martin et murmure :

— Attention, tu sais que je pourrais tomber très amoureuse ?

— Tombe, tombe, Charlotte, je te rattraperai.

~~FIN~~ DÉBUT

Remerciements

Merci à Pascal Villard pour ses précieux conseils et à Michel Marin pour sa lecture pertinente. Un grand merci à toute l'équipe de XO Éditions – plus particulièrement à Caroline Lépée qui a craqué sur notre manuscrit un jour de pluie et à Éloïse Ghertman qui nous a aidées à sortir de nos coquilles. Un tendre merci à Marc Doisne… et à Tiffany Breuvard, qui prouve que, parfois, l'agent fait le bonheur. Merci enfin à nos familles et amis qui se sont emballés pour cette histoire apocalipstick.

Composé par Nord Compo
à Villeneuve-d'Ascq (Nord)

Imprimé en Espagne
par Liberdúplex
à Sant Llorenç d'Hortons (Barcelone)
en mai 2012

POCKET – 12, avenue d'Italie – 75627 Paris Cedex 13

Dépôt légal : juin 2012
S21570/01